재미나는
인생

재미난 인생

성 석 제 소 설

강

·· 개정판을 내며

　1997년, 이 책을 냈을 때 책에도 나름대로의 삶이 있고 그 삶이 다른 삶으로 바뀔 수도 있다는 것을 생각하지 못했다. 그뿐이랴. 책을 쓰는 사람의 삶이 다른 삶으로 바뀔 수 있다는 것 역시 알지 못했다. 생각하면 바뀌었고 바뀌고 있다.

　처음부터 소설의 형식이라거나 생김새에 관해 가타부타 이야기할 생각은 없었다. 다만 소설이 관용의 폭이 아주 넓은 장르라는 것, 그래서 나 같은 사람이 그 안에서 어슬렁거릴 수 있었다는 것은 말해두고 싶다. 다시 생각해보면 문학이, 인생이 모두 그렇다. 무엇이든 내가 새로 시작하려 하면 그 무엇은 드넓은 품을 벌려 나를 받아들여주었다. 『재미나는 인생』의 초판은 관용의 산물이었다.

　이 개정판에는 『재미나는 인생』 이후 출간된 『쏘가리』(1998년 5월)의 '이야기'를 보태고 지나치게 소설적 관용에 의존한 것처럼 보이는

4

것들은(물론 지금의 판단으로) 빼거나 줄였다. 언젠가는 나갔던 것들이 다시금 들어올 수도 있겠고 또 지금 있는 것들 중에서도 나갈 게 있을지도 모른다. 또 내가 잘 모르거나 빠뜨린 그 무엇이 들어오고 싶어한다면 들어올 수도 있을 것이다. 소설에 확고한 건 없다는 게 내 생각이다. 소설 밖에서 확고한 걸 찾으려면 삼라만상과 그 얼과 틀은 항상 바뀐다는 것이다.

　개정판은 또 다른 개정판을 낳는 것이 아닐까. 판이 바뀌든 제목이 바뀌든 지은이가 바뀌든 아니든. 그러므로 재미나는 인생이 아닐 것인가.

2004년 늦봄
성석제

차 례

번호

　　　　　　　　대한민국 육군 7사단 26연대 3대대 2중대 1소대
3분대 9번은 8번 때문에 신병 훈련을 제대로 받지 못했다. 대한민국
육군 7사단 26연대 3대대 2중대 1소대 3분대 8번은 대한민국 육군
7사단 26연대 3대대 인근의 산골 마을 출신 총각으로 군대에 오기
전에는 농사밖에 모르던 순진한 친구였다.
　군대에서는 인원을 확인하기 위해, 소속감을 고취하기 위해, 정신을
차리게 하기 위해 번호를 사용한다. 즉 일렬로 줄을 세운 다음, 줄 밖
에 있던 교관이 "번호!" 하고 외치면 1번은 "하나", 2번은 "둘", 3번
은 "셋" 하는 식으로 각자의 번호를 말하게 되어 있는 것이다. 그런데
농사밖에 모르며, 태어나서 가장 먼 거리를 여행한 것이 집에서 대한
민국 육군 7사단 26연대 3대대 초소 앞까지의 백리 길이라는 대한민
국 육군 7사단 26연대 3대대 2중대 1소대 3분대 8번은 자신의 번호

를 말할 차례가 되면 자신만의 독특한 억양과 어휘를 사용했다. 8번으로서는 그렇게 하지 않을 도리가 없었다. 8번은 자신의 번호를 말할 차례가 되자 "야달"이라고 외쳤다. 그 말에 9번은 순간적으로 자신이 어디에 있는지를 잊고 웃음을 터뜨리고 말았다.

대한민국 육군 7사단 26연대 3대대 2중대의 신병 훈련을 담당한 교관은 엄숙한 군대에서 대열 중에 웃는 자가 있으면 엄숙과 군대 모두 제대로 유지되지 않을 것이라고 판단했다. 이에 따라 교관은 9번의 정강이를 걷어찼다.

대한민국 육군 7사단 26연대 3대대 2중대 1소대 3분대 9번. 그도 웃을 생각은 없었다. 그런데 웃음이 터져나온 것은 그로서도 어쩔 수가 없는 일이었다. 정강이를 걷어차인 다음 그는 엄숙한 군대 대열 중에서 큰소리로 웃는 어이없는 사고는 내지 말자고 다짐했다. 그에게는 정강이가 두 개밖에 없었으니까. 또 정강이가 수백 개라 하더라도 그 모든 정강이도 차이면 아플 것이기 때문에.

"다시 번호!"

"하낫!"

9번은 웃지 않았다.

"두울!"

우습지 않았다.

"세엣!"

웃을 생각이 전혀 없었다.

"네엣!"

정강이는 여전히 아팠다.

"다섯!"

그때 거품처럼 가벼운 무엇인가가 그의 옆구리를 살그머니 타고 올라오는 것 같았다.

"여수앗!"

무엇인가 9번의 발바닥을 깨무는 것 같았다.

"일고압!"

9번은 입술을 깨물고 이를 악물고 주먹을 쥐었다. 웃으면 죽는다. 그러나

"야달."

얄밉도록 조그만 그 소리. 9번은 다시 자신이 9번임을 잊어버리고 폭소를 터뜨리고 말았다. 교관이 씩씩 소리를 내며 달려왔다.

"장난하는 거야?"

9번은 울상을 지었다.

"아닙니다!"

"내가 우스워?"

울고 싶었다, 9번은.

"아닙니다!"

"그런데 왜 웃어?"

교관은 합리적인 사고를 가진 사람이라고 본다. 다만 그의 군화발

과 주먹은 무자비했다.

"이번에 다시 그 따위로 한다면 전원 머리를 박은 상태로 연병장을 돈다. 각오하라. 다시 번호!"

웃지 않으려고 했다, 9번. 그럴수록 웃음은 터져나왔다. 대한민국 육군 7사단 26연대 3대대 2중대 신병들은 모두 9번을 원망했다. 8번조차도 9번을 나무랐다. 그러나 그럴수록 9번의 증세는 도졌다. 나중에는 '야달'이 아니라 이마를 땅에 대고 연병장을 도는 8번의 엉덩이를 참을 수 없었다. 거세게 숨을 몰아쉬며 사타구니 사이로 나타나 자신을 원망하는 8번의 눈길도 참을 수 없었다. 화를 내는 교관을 보고도 웃음을 터뜨렸다. 눈물을 흘리면서, 땀을 흘리며 정강이뼈를 부여잡으며 웃지 않을 수 없었다. 대한민국 육군 7사단 26연대 3대대 2중대 1소대 3분대 9번. 그는 '아홉'이라는 말을 웃음소리로 바꾼 최초의 군인이었다.

수영

　　　　　　날이 따뜻해지고 얇은 옷을 입게 되자 그의 아내는
잔소리를 넘어 걱정을 하기 시작했다.

"아유, 저 배 좀 봐."

"하루 이틀 봐? 내 배가 어때서?"

그는 짐짓 배를 내밀었다. 그러나 겨울을 지나면서 호박 하나가 배
에 올라붙은 것 같아 스스로도 움직이는 데 불편함을 느끼고 있었다.

"도대체 모르겠네. 당신 어디 작은집 차린 거 아냐? 먹이는 게 없
는데 어디서 살이 쪄오지?"

아내는 고개를 갸웃거렸다. 살이 찌는 이유는 간단했다. 움직이기
를 싫어한다는 게 문제였다. 젊은 시절, 사업을 시작할 때는 그렇지
않았다. 몸으로 뛰고 몸으로 때웠다. 운동이 저절로 됐다. 그런데 차
츰 자리가 잡히고 사람이 늘고 젊은 사람들이 알아서 다 해주게 되니

까 움직일 일이 없었다. 운전만 해도 그랬다. 운전을 하면서부터는 일이백 미터 떨어진 구멍가게 가는 데도 운전대를 잡게 됐다. 아무리 먹는 게 없다고 해도 거래처 접대다, 회식이다 해서 술에 곁들여 집어먹는 것이 적지 않았다. 대부분이 고단백, 고지방질이었으니 집에서의 한두 끼 밥보다 월등한 열량이었으리라.

"안되겠어. 여보, 당신 새벽에 뒷산이라도 올라갔다 와요."

"새벽에 시간이 어디 있어?"

"조금만 일찍 일어나면 되잖아."

"나는 새벽에 깨면 거시기 뭐냐, 딴생각부터 난다구. 괜히 산에 끙끙거리면서 올라가느니 인간과 인간 사이의 생산적이고 효율적인 일을 해야지 않겠느냐고."

그보다 다섯 살이 젊은 아내는 아직 연애 시절의 기억을 일깨우는 힘이 있는 예쁜 눈을 치켜떴다.

"이이가, 정말 농담하는 줄 아나봐. 안되겠어. 내가 무슨 수를 내야지."

아내는 바로 그날 불문곡직하고 집 근처의 스포츠 클럽에 가서 수영 강습권을 끊어왔다. 그날 저녁 밥상을 물린 뒤 다시 가벼운 입씨름이 벌어졌다.

"왜 하필 수영이야. 다른 운동도 많은데."

"아침마다 목욕하는 셈치면 되잖아요."

이어 아내는 살 빼는 데 수영만한 운동이 없으며 등산이나 조기축구와 달리 눈이 오나 비가 오나 언제나 할 수 있는 게 수영이라고 설명했다. 그 스포츠 클럽은 과거에 여야의 거물 정치인이 출입한 곳으로 꽤나 알려져 있었다. 유명한 만큼 수강료도 만만찮았다. 그러나 문제는 그게 아니었다. 그의 아내가 끊어온 강습권에는 매일 새벽 다섯시에서 여섯시, 일주일에 세 번은 강사가 지도하고 세 번은 자유 수영이라는 시간표와 함께 '기초반'이라는 글자가 적혀 있는 것이었다.

"내가 왕년에 한강을 헤엄쳐서 왔다리갔다리한 사람이야. 근데 이게 뭐야. 왜 맥주병 반이야."

"어머, 그랬어? 나는 당신이 물에 들어가면 입만 뜨는 줄 알았는데."

큰소리가 아니라 그는 소싯적에 누구 못지않은 개헤엄 실력을 자랑했다.

"당신이나 가라구. 나는 물에 빠져 죽어도 기초반은 못 가네."

"일단 가봐. 가서 다른 반으로 바꾸면 되잖아."

그는 다음날 새벽에 투덜투덜하며 스포츠 센터로 갔다. 스포츠 센터의 직원은 날씬하다 못해 비쩍 마른 친구였다.

"어떡하죠? 요번 달에는 다른 반 정원이 꽉 찼는데요."

그는 그렇다면 돈을 물러달라고 했다. 직원은 묘한 표정으로 그의 몸매와 표정을 살피더니 입을 열었다.

"기왕 끊은 거니까 기초반에 한 번만 가보시죠. 지금 수업을 하고 있으니까요. 오늘 하루 가보시고 마음에 안 드시면 돈을 내드리겠습니다."

그가 수영복을 가지고 오지 않았다고 하자 직원은 얼른 수영복을 빌려주겠다고 했다. 그는 다시 투덜투덜하며 수영복으로 갈아입었다. 그게 또 아랫배를 압박하며 꼭 끼는 바람에 궁시렁궁시렁하며 수영장으로 향했다.

막상 수영장에 들어선 그는 자신의 눈을 의심했다. 수십 명의 아리따운 여인들이, 수영복만 입고 물장구를 치고 있었기 때문이었다. 하긴 수영장에서 수영복을 입는 게 이상할 건 없었다. 그러나 그의 입에서는 자신도 모르게 "아이고매" 하는 감탄사가 튀어나오고 있었다. 그는 쑥스러움을 감추려고 뒤따라온 직원에게 물었다.

"수강생이 전부 아가씨들인가요?"

"아니죠. 새벽반은 직장인 반입니다. 요번 달에는 남성 신청자가 없어서 그래요."

이윽고 연애 시절 그의 아내를 연상케 하는 늘씬하고 아름다운 미녀가 그의 눈에 잡혔다. 젖은 머리에서 물을 뚝뚝 흘리며 수강생들에게 초보적인 수영법을 설명하고 있는 수영 강사였다. 그는 슬금슬금 수강생 틈에 끼어들었다. 강사는 그와 눈이 마주치는 순간 의외라는 듯이 살짝 눈을 감았다 떴는데 그 모습이 또 그의 가슴을 사정없이 뒤흔들었다. 그는 속으로 '대한 독립 만세!'를 외쳤다. 왜 그런 말이 떠올랐는지는 알 수 없었지만.

"자아, 지금부터 실습을 해보겠습니다. 모두 물 속으로 들어가세요."

　강사는 설명을 마친 뒤 자신부터 멋진 자세로 물에 뛰어들었다. 그도 그녀처럼 다이빙하는 자세로 물에 뛰어들려다가 멈칫했다. 기초반에 들어온 이상 초보자처럼 행동해야 한다는 생각이 들었기 때문이었다. 자칫 꼬리를 밟혀 중급반으로 쫓겨갈 수는 없었다. 그는 수영에 대해서는 아무것도 모르는 사십대 초반의 뚱뚱이로서 뭉기적뭉기적 물가로 걸어가 가슴에 물칠을 했고 다른 여자들이 하듯이 사다리를 잡고 어기적어기적 물에 들어갔다.

　"반 바꿨죠?"

　그날 저녁 아내가 그에게 물었다. 그는 심각한 어조로 대답했다.

　"웃기는 데야. 한번 끊으면 절대로 바꿔줄 수 없다는 거야."

　"어머, 그런 법이 어디 있어요. 취소해요."

　"뭐, 그렇게 할 것까지야 있겠어."

　"이이는 돈이 얼만데 그래. 자그마치 칠만 원이에요, 칠만 원. 내가 가서 바꿔올게요."

　"아냐, 아냐. 오늘 가서 해보니까 헤엄치는 걸 다 잊어먹었더라구. 기초부터 하는 것도 괜찮을 것 같애."

　"좀 이상하다아? 그렇게도 운동을 안 하겠다던 양반이."

　"오늘 느꼈는데 정말 운동은 필요한 것 같더군."

　다음날 새벽 그는 아내가 깨우기도 전에 벌떡 일어나 쏜살같이 차를 몰고 스포츠 센터로 갔다. 새벽반의 수강생은 대부분 직장 생활을 하는 젊은 여성들이었다. 부인네들은 아침을 차리느라고 새벽반에 나오기가 힘들었기 때문이었다. 남자는 없었다. 그는 세상 사내들이 운동을 안 하고, 특히 새벽에 기초반에서 수영을 하지 않고 무슨 재미로 사는가 의아하게 생각하면서 열심히 물장구를 쳤다.

"자아, 이제 잠수를 하는 거예요. 오래 참는 사람은 상을 주겠어요. 옆사람 어깨를 걸어요. 다 됐죠? 일동 잠수!"

강사의 신호에 따라 그는 잠수를 했다. 한쪽 팔에는 스무 살쯤 된 아가씨가, 다른쪽 팔에는 서른쯤 먹은 노처녀가 어깨를 걸어오고 있었는데 나이야 어떻든 그는 무척 행복했다. 그로부터 그는 하루도 빠지지 않고 수영 강습에 참가했다. 눈이 오나 비가 오나 바람이 부나. 수영 강습이 없는 일요일은 참을 수 없이 지루했다. 사는 것 같지도 않았다. 그의 아내는 정녕 의외인 모양이었다.

"수영이 그렇게 재미있어요?"

"아냐. 재미없어."

"그런데 왜 그렇게 열심이에요?"

"얘기했잖아. 운동이 필요하다구. 게다가 수강료가 얼마냐 말이야. 하루라도 빠지면 얼마나 손핸데."

"확실히 운동이 되죠?"

"음."

"다음달에는 나도 배워볼까?"

그는 목구멍 깊숙이에서 '으악' 소리가 튀어나올 정도로 놀라서 손을 훼훼 저었다.

"안돼. 당신은 수영하면 빈혈 걸릴 거야. 지금도 얼마나 말랐는데."

"마르긴 뭐가 말라. 나도 요즘 똥배가 나오는 것 같다구요."

"허허 이 사람이. 나만큼 나오면 하라구."

"당신 요즘 날씬해 보여요. 한 달도 안돼서 배가 많이 들어간 것 같은걸."

"아냐, 난 아직 멀었어. 몇 달은 더 열심히 해야 돼."

한 달이 가고 두 달이 가도 그는 늘 기초반에 머물러 있었다. 그런데 이상한 일이 생겼다. 정작 헤엄을 치려고 해도 기초반 수준 이상으로 헤엄을 칠 수 없는 맥주병이 되었다는 것이었다.

귀신 잡는 방위

　　　　　　　방위병 출신의 행복한 사내의 십 년 전 이야기. 그
는 당시의 방위병으로서는 건방지게 승용차로 출퇴근을 했다. 바닥
에 구멍이 뚫려 에어컨이 달리 필요 없는 다 썩어가는 차이기는 했지
만 여우고개로 불리는 제법 앙칼진 고개 너머 부대로 출퇴근하는 데
는 더없이 요긴한 차였다.

　어느 여름 밤 퇴근하는 길이었다. 비가 부슬부슬 내리는 고개 정상
에서 그는 문득 흰옷을 입은 사람이 손을 쳐들고 있는 것을 보았다.
전조등 불빛에 비치는 사람은 젊은 여인임이 분명했다. 평소에 너무
나 소원을 했던 상황이 벌어졌던 고로 그는 환성을 내지르며 차의 속
도를 늦추었다. 비에 흠뻑 젖은 여인은 그의 기대 이상으로 처연하도
록 아름다웠다. 머리카락 몇 가닥이 얼굴을 덮고 있었고 반쯤 감긴
두 눈, 벌어진 입술은 그가 평소에 꿈꾸어온 여인상 바로 그것이었으

나 그는 오히려 등골이 오싹해지는 것을 느꼈다. 밤이면 인적이 끊어지는 고개에, 비까지 맞으면서 홀로 서 있는 여인이 정상일 리는 없었던 것이다.

어쨌든 그는 차를 세웠다. 말소리가 들릴 정도로만 창을 내린 다음 떨리는 목소리로 물었다.

"태워드릴까요?"

아름답고 무시무시한 여인은 무표정하게 고개를 끄덕였다. 그리고 희고 긴 손을 내밀어 문의 손잡이를 잡으려 했다. 그는 잽싸게 차문을 잠그면서 떨리는 목소리로 말했다.

"그런데 말입니다. 지금 밤이잖아요. 이 고개가 여우가 많이 나온다는 고개고요. 비도 오거든요? 주민등록증을 제시해주시면 감사하겠습니다."

그 여인은 한동안 서 있더니 말없이 비에 젖은 손으로 비에 젖은 핸드백을 열어 비에 젖은 주민등록증을 꺼내 좁다랗게 열린 차창 너머로 넘겨주었다. 그는 떨리는 손으로 주민등록증의 앞뒷면과 사진을 철저히 확인했다. 그리고 주민등록증을 가진 귀신이나 여우는 없다는 판단에 따라 여인을 태웠다.

그 여인이 타자마자 차 안은 순식간에 비에 젖은 여인에게서 나는 살 냄새로 가득 찼다. 이에 따라 방위병은 코에서 단내가 나고 눈앞이 캄캄해질 지경이 되었지만 죽을힘을 다해 운전대를 움켜잡았다.

"어디까지 가시나요?"

그는 제정신을 유지하기 위해 이를 뿌드득 갈며 물었다.

"다리까지만 태워주세요. 거기 버스가 있을 거예요."

여인의 말씨는 그가 살고 있는 시내에서는 들어보기 힘든, 한적한 시골에나 남아 있는 미묘한 사투리 억양과 고전적인 울림을 가지고 있었는데 그게 또 그를 환장하게 만들었다. 그는 귀신이라도 좋다, 여우라도 좋다, 이 여자와 결혼하지 못하면 혀를 깨물고 죽어버리겠다고 다짐하면서 말했다.

"아아, 다행히 저하고 같은 방향이군요. 제가 댁까지 모셔드리겠습니다."

그 여인이 아무것도 칠하지 않아도 장미처럼 붉은 입술을 열어 말했다.

"그쪽이 가는 방향이세요?"

그는 한 손을 슬슬 그 여인 쪽으로 뻗으며 말했다.

"으하하하. 아가씨, 이래봬도 저는 기사도로 뭉쳐진 신사입니다. 어떻게 밤늦게 아가씨 혼자 가게 놔두겠습니까. 방향이 그쪽이면 어떻고 아니면 또 어떻단 말입니까. 그런데 결혼하셨나요? 아, 물론, 하셨을 리가 없지요. 천만다행으로 저도 결혼을 하지 않은 몸이올시다. 하늘이 오늘 우리 두 사람에게 결혼하라고 저 비를 내려주시고 우리를 이 밤에 만나게 하신 겁니다. 따라서 저는 오늘 아가씨 부모님을 만나뵙고 인사를 드릴 작정입니다. 그런데 선물은 뭘 사가는 게 좋을까요? 아버님이 술을 좋아하시나 모르겠네. 그래, 청주를 사가는 게 좋겠어."

말을 하면서 그는 슬쩍 여인의 어깨에 손을 두르기까지 했지만 여인은 미동도 없이 단아한 옆얼굴을 보이며 앉아 있었다. 말리는 사람도 있을 리 없으니 그는 더욱 기고만장했다.

"난 원래 형제가 적은 집안에서 태어났거든요. 그래서 애들은 낳는 대로 키우고 싶은데 당신 몸이 약해 보여서 걱정이네. 괜찮아요. 천천히 생각하지, 뭐. 내일 근무가 없으니까 오전에 만나서 이야기합시다. 참, 반지는 뭘로 할까."

그제서야 여인이 입을 열었다.

"다리에 다 왔어요. 세워주세요."

그는 그럴 생각이 전혀 없었다. 미래의 청사진과 처갓집에 가서 인사를 드려야 한다는 의무감으로 머리가 꽉 차 있었다.

"어허, 버스가 언제 올 줄 알고 그런 소리를. 내가 데려다준대두. 왼쪽이지? 그렇지?"

그는 고개에서 주민등록증을 검사하면서 재빨리 주소를 봐두었던 것이다. 그는 영화의 한 장면처럼 멋지게 차를 틀어 그 주소가 있는 방향으로 차를 몰았다. 여인은 여전히 아무 반응도 보이지 않았다.

"그런데 오늘 부모님이 집에 계신 건가."

"지금은 집에 안 계세요. 저 혼자 있어요."

"아, 이거 큰일났네. 꼭 인사를 드리고 싶었는데."

큰일은커녕 그는 속으로 신이 나서 어쩔 줄 몰랐다.

"그렇게 인사를 하고 싶으세요?"

여인은 포도알처럼 빛나는 눈으로 그를 빤히 건너다보았다. 그는 뒤통수를 긁으며 대답했다.

"그럼, 물론이지."

"집에는 안 계시지만 아버진 이 근처에 계세요. 지금 인사하실래요?"

그는 조금 떨떠름한 기분으로 고개를 끄덕였다. 그러자 여인은 차를 세우라고 말했다. 그가 차를 세우자 여인은 차에서 내렸다. 그가 따라 내리는 것을 확인하고는 불빛 하나 없이 캄캄한 산속을 향해 두 손을 입에 모으고 소리치기 시작했다.

"아버지, 아버지!"

그는 눈을 부릅뜨고 빗방울이 떨어지고 있는 산속을 바라보았지만 전조등 불빛에 동그란 묏등만 몇 드러날 뿐 다른 건 아무것도 없었다. 문득 그의 등에서 빗물이 아닌 식은땀이 흐르기 시작했다. 여인은 다시 처연한 음성으로 어둠을 향해 소리쳤다.

"아버지! 아버지! 제가 왔어요! 엄마는 잘 있어요! 엄마가 아버지 보고 싶대요! 저도 아버지 보고 싶어요! 왜 거기 누워 계시기만 하세요! 이제 제발 그만 일어나세요, 아버지! 아버지 딸이 왔어요!"

그곳은 여우 울음소리가 나지 않고 귀화가 날지 않는다는 것뿐, 공동묘지가 틀림없었다. 그는 소름이 끼쳐 몸을 가누지도 못할 지경이 되었지만, 고참 방위병답게 남은 기운을 총동원해 간신히 차 안으로 뛰어들었다. 그리고는 돌아볼 생각도 하지 못하고 전속력으로 차를 몰아 도망을 쳤다. 고개를 넘자 마을이 나왔다. 그는 살았구나, 하고 안도의 한숨을 내쉬면서 마을 가운데 있는 가게 앞에 차를 댔다. 가게 앞 평상에는 동네 노인들이 서넛 둘러앉아 술추렴을 하고 있었다. 그는 가게 냉장고를 열고 사이다를 꺼내 병째 벌컥벌컥 마신 뒤, 노인들에게 동네 이름을 물었다. 그 동네는 그가 만났던 아름다운 여우 귀신의 주민등록증에 적혀 있는 바로 그 동네였다.

"혹시 이 동네에 이런 아가씨가 살지 않았습니까?"

그는 여인의 이름과 생김새를 말했다. 그랬더니 노인들이 그 아가씨가 바로 그 동네에서 태어나고, 자랐으며, 살았을 뿐 아니라 아직도 살고 있다고 돌아가며 한마디씩 하는 것이었다.

"살고 있다구요? 어디요?"

"저기 대추나무 서 있는 큰 집이야. 참, 그런데 큰아기가 안됐지. 한 달 새에 부모를 연달아 잃었으니 정신이 조금 이상해질 만도 해……"

그는 가게에서 됫병들이 소주를 샀다. 그리고 여인이 도착하기 전에 여인의 집으로 가서 병나발을 불며 여인을 기다렸다. 그 다음날도, 그 다음날도 같은 시각에 같은 행동을 되풀이했다. 그로부터 몇 달 후, 그 여인은 정신적인 문제에서 벗어났고 또 몇 달 뒤 그와 결혼했다.

지금 그는 이남삼녀의 아버지로 신나는 인생을 살고 있다. 여전히

아름답기 그지없는 그의 부인은 자신만을 졸졸 따라다니는 남편과
아이들을 으르고 달래가며 충실히 살림을 꾸려나가고 있다.

몰두

개의 몸에 기생하는 진드기가 있다. 미친 듯이 제 몸을 긁어대는 개를 붙잡아서 털 속을 헤쳐보라. 진드기는 머리를 개의 연한 살에 박고 피를 빨아먹고 산다. 머리와 가슴이 붙어 있는데 어디까지가 배인지 꼬리인지도 분명치 않다. 수컷의 몸 길이는 2.5밀리미터, 암컷은 7.5밀리미터쯤으로 핀셋으로 살살 집어내지 않으면 몸이 끊어져버린다.

한번 박은 진드기의 머리는 돌아나올 줄 모른다. 죽어도 안으로 파고들다가 죽는다. 나는 그 광경을 '몰두(沒頭)'라고 부르려 한다.

재미나는 인생 1
— 거짓말에 관하여

신입 회원 여러분. 여러분은 진실이 거짓이 되고 거짓이 진실이 되는 그날을 위해 목숨을 다하여 한 방울의 피까지 바치겠다고, 위대한 거짓말의 제단에 엄숙히 맹세했다. 이제 본인은 전세계거짓말쟁이협회 2백억 회원과 5만의 원로원, 2만의 호민관, 10만 7천의 집정관, 19만5천4백의 재무관, 4만3천의 감사관, 12만의 재판관, 그리고 5천의 총독을 대신하여 여러분의 입회를 진심으로 환영하며 몇 가지 당부를 하고자 한다.

역사적인 거짓말쟁이에는 대부분의 임금, 역사가, 법률가, 성직자, 과학자가 포함되어 있다. 믿지 못하겠다면 투키디데스, 헤로도투스, 타키투스, 마르코 폴로, 마키아벨리를 읽어보거나 알렉산더, 징기스칸, 나폴레옹, 아틸라, 진시황 같은 정복왕들의 생애를 참고하라(나 같으면 그 많은 걸 읽고 참고하느니 그냥 믿겠다). 어떻게 민중을 속이는

가, 어떻게 절묘하게 적을 속여 나에게 승리와 영광을 가져오는가 하는 것이 바로 역사인 것이다.

　여러분은 다행히 위에 열거한 과거의 영웅들처럼 역사를 만들 힘겨운 의무는 없다. 여러분 각자 개성적인 거짓말쟁이로서 인생에서 맡은 바 작은 책무와 일상의 평안, 즐거움을 추구하기만 하면 된다. 여러분 가운데는 소설가, 만화가, 배우, 예술가, 매니저, 평론가, 광고업자, 군인, 운동선수, 사업가, 첩보요원, 앵커맨 내지는 그 지망생이 들어 있다. 여러분은 모두 거짓말을 얼마나 그럴싸하게 잘 구사하는가에 따라, 어떻게 잘 속이는가에 따라 "얼씨구, 그놈 잘한다"는 칭찬을 듣고 성공적인 삶을 살아갈 수 있게 된다. 서로 의심하지 말지니 여러분 가운데 정치가는 없다. 하다못해 그들의 떨거지인 보좌관, 정상 회담장의 웨이터, 국제연합의 대사 같은 닳아빠진 인간도 없다. 그들은 너무 뻔한 거짓말을 해서 거짓말쟁이의 품위를 떨어뜨리기 일쑤다. 또 우리 중에는 경제학자, 고등수학자, 핵물리학자, 점성술사도 없다. 그들이 믿고 있고 주장하는 거짓된 진실은 진실한 거짓말보다 훨씬 악질적으로 많은 사람을 오도할 우려가 있는 것이다.

　여러분. 거짓말은 무엇인가. 그것은 인생을 기름지게 하고 인간의 상상력을 우주의 차원으로 넓혀주는 것이다. 거짓말은 진실이라는 딱딱한 빵 속에 든 슈크림처럼 의외의, 달콤하고 살살 녹는 이야깃거리와 즐거움을 준다. 거짓말이 없는 인생은 고무줄 없는 팬티요, 팬티 없는 팬티용 초인장력 고무줄이다.

인류 최초로 거짓말을 한 사람의 기록은 지금으로부터 삼만오천 년 전 스페인의 동굴 벽화에 남아 있다. 매머드를 목졸라 죽이는 사냥꾼의 그림이 그것이다. 우리의 선각자인 어느 깜찍한 거짓말쟁이가 매머드를 개구리쯤으로 생각하고, 죽을 때까지 몸둥이찜질을 해서 죽였다고 매머드를 보지도 못한 동료들에게 거짓말을 했을 것이다. 그 거짓말에 넘어간 동료 가운데 화가가 자신의 거짓말을 살짝 보태 여럿이 매머드 새끼를 사냥하는 그림을 그렸다. 세월이 흐른 뒤 바로 그 옆자리에 어느 책임감 강한 후배 화가가 커다란 숫매머드를 혼자서 목졸라 죽이는 그림으로 최초의 기념비적 거짓말을 마무리했다. 그런데 현대의 고생물학자들은 당시 알프스 산맥 이남의 온난한 지역에는 매머드가 존재하지 않았다고 말하고 있다. 우리 모두 그 동굴 벽화를 남긴 위대한 선조의 후예로서, 고생물학자와 동시대를 사는 현대인으로서 어느 녀석이 거짓말을 가장 그럴싸하게 하고 있는지 연구해보기로 하자.

　그래, 거짓말을 잘하려면 어떻게 해야 하는가. 백여 년 전 본 협회의 준회원(準會員)이었던 미국 작가 마크 트웨인은 거짓말에는 869가지가 있다고 거짓말을 했는데(정말은 마크 트웨인의 거짓말까지 포함해서 870가지다) 가지 수야 어떻든 그 거짓말에 공통적이고 필수적인 요소는 기억력이다. 기억력이 나쁜 사람은 초보적인 거짓말쟁이도 될 수 없다. 진정한 거짓말쟁이는 자신이 그것을 진실로 믿을 수 있을 때까지 끈덕지게 거짓말을 할 수 있어야 한다. 그러자면 그 전에 자신이 했던 거짓말이 어떤 것이었느냐를 기억하고 있어야 한다는 말이다. 내용뿐만 아니라 어조, 반응, 감정, 사투리, 뉘앙스, 몸 동작까지 모두 기억해두어야 거짓말쟁이로 인정받을 수 있다.

다음, 이제 막 알을 깨고 나온 여러분에게는 조금 어려운 이야기가 될지도 모르겠는데 거짓말을 할 때는 상대가 생각할 수 있는 여지를 남겨둬야 한다는 점이 중요하다. 이렇게 해석해도 되고 저렇게 해석해도 되도록. 우리와 일맥상통하는 길을 걷되 그 길 아무데서나 판을 벌이는 야바위꾼처럼 천한 점쟁이들을 보라. 그들 가운데서도 유능한 점쟁이는 절대로 단정지어서 얘기를 하지 않는다. "천랑성이 자미성을 북으로부터 범하였으니 먼 나라에서 불길한 기별이 있을 것"이라는 식으로 모호하게, 알아서 제 경우에 맞춰 생각할 수 있도록 해야 뒤탈이 없다. 절대로, 틀림없이, 확실히, 명백히, 목숨을 걸고 장담하는데…… 이 따위 말을 입에 담아서는 절대로, 확실히, 명백히, 목숨을 걸고 장담하는데 훌륭한 거짓말쟁이가 될 수 없다.

또한 거짓과 진실에 관해 다툴 때 거짓으로 승리하려면 반증의 가능성이 없도록 말해야 한다. 우리끼리의 말이라거나(우리밖에는 아는 사람이 없을 경우), 죽은 자가 한 말이라고 하거나(죽은 자는 말이 없으니까), 우리와 이해 관계가 일치하는 사람의 입을 빌리거나 혹은 적의 입을 통하여(그 말을 아무도 믿지 않을 것이므로) 진술을 하는 것이 방법이다.

위대한 거짓말 세계의 신생아 여러분. 거짓말에 대해 부끄러워해서는 안된다. 거짓말은 선천적인 것이다. 어차피 인간의 말 속에는 거짓이 섞일 수밖에 없다. 후천적으로, 억지로 배우는 것은 거짓말을 하지 말라는 도덕률이라는 거짓말이다. 타고난 것을 부끄러워할 이유가 있을까. "거짓말 마" 하는 말에 "응, 안 할 거야"라고 즉각 거짓말을 할 수 있어야 진정한 거짓말쟁이가 될 소질이 있다. 어떤 사람들은 발각되면 큰 망신을 당할지도 모르는 위험에도 불구하고 거짓말을 퍼뜨리는 데 즐거움을 느낀다. 내 운전기사가 그렇다. 이 녀석은 초과 근무 수당을 받지 않고도 오로지 거짓말을 하려는 충동을 못 이겨 벌써 받았다는 거짓말을 눈도 깜짝하지 않고 해치운다. 협회 살림에는 상당히 보탬이 되는 일이지만.

기타 사항. 거짓말에는 순수한 거짓말, 지독한 거짓말, 그리고 통계가 있다는 정말도 있다(이 말은 영국의 정치가이며 희대의 거짓말쟁이인 디즈레일리가 했다고 하는데 디즈레일리의 어록 그 어디에서도 그런 말을 찾을 수 없다. 그런데도 마크 트웨인이 한번 디즈레일리가 그랬다고 거짓말을 한 이후 멍청한 몇몇 장군들이 그 말을 따라서 인용했다). 그리고 사실에 입각한 진실보다 훨씬 우위에 있는 도덕적 진실에 합치하는 거짓말은 거짓말이 아니라는 거짓말이 성립한다. 자연도 우리의 친구인 거짓말쟁이다. 지구가 둥글다면서 언제나 평평한 것처럼 표현하지 않는가. 지구가 태양을 돈다면서 언제나 태양이 우리를 도는 것처럼 보여주지 않는가.

친애하는 회원 여러분. 태어나면서부터 죽을 때까지 생각과 말, 행동, 계획, 실행 등 모든 분야에서 거짓말만 하는 위대한 인물은 아직 없었다. 가장 가까이로 근접한 사람이 있을 뿐이다. 완전히 진실하지도 않고 거짓으로 가득 찬 것도 아닌 얼뜨기 같은 세상에서 멍청하게 사느니 진정한 거짓말쟁이로서 스릴 있고 재미나는 인생을 누리도록 하자.

거짓말 만세. 전세계거짓말쟁이협회 만세. 거짓말이 지배하는 역사여, 영원하라.

거짓말 기원 이백만육백칠십오년, 사별 왕국의 마지막 왕자, 가난한 모든 이의 친구, 최고의 시인, 예언자, 마술사, 2002 바이칼호 대탐사단 단장, 중국 난뻬이차오(南北朝) 시대 언어 연구가, 착한 아버지가 되려는 시민의 모임 96지구(地區) 간사, 금정 컴퓨터크리닝 세탁소 주인(많은 이용 바란다), 전세계거짓말쟁이협회(WWLC) 서기장으로부터.

오렌지 맛 오렌지

                         비읍이 새로 편집부에 들어왔다. 맡은 일은 디자인이었지만 출판사의 특성상 다른 분야의 디자이너보다는 우리말에 대해 많이 아는 편이었다. 그런데 그가 아는 건 모두 조금씩 틀린다는 데 문제가 있었다. 그러나 그는 자신이 틀렸다는 걸 인정하기보다는 사전이나 그 사전을 끼고 십 년 이상 먹고 살아온 편집부원들을 의심하는 쪽을 택해서 우리의 심기를 불편하게 했다. 그래서 우리는 그가 실수를 할 때마다 그의 별명을 그 실수를 상징하는 말로 바꾸어줌으로써 복수를 했다. 가령 이런 식이다.

"비읍 씨. 일 안 하고 아침부터 거기서 뭐해요?"

"차장님. 저 문방구 앞에서 우산 들고 있는 아가씨 다리 참 죽여줍니다. 가히 뇌살적이군요."

"비읍 씨. 이거 비읍 씨가 디자인한 거죠? 그렇게 뇌살 좋아하면 사진 설명에 있는 쇄도(殺到)를 살도라고 하지 왜 그냥 놔뒀어요?"

"하하하. 미음 선배님. 선배님의 다리 역시 뇌살적이지만 저 아가씨는 춘추가 선배님의 연세에 비해 방년 십 세는 어려 보이고 따라서 또 뭐냐, 투기는 칠거지악으로서……"

"지금 도대체 무슨 헛소리를 하고 있는 거얏!"

그 다음부터 한동안 그의 별명은 '살도'가 되었다. 한동안이란 그로부터 몇 달 뒤 '홍미율율' 사건이 터지기 전까지를 말한다.

여름철이 되고 고등학교 야구대회가 열렸다. 비읍은 고향의 고등학교를, 제가 나온 학교도 아니면서 단지 고향에 있다는 이유로 열렬히 응원을 하고 있었다. 제 돈 주고 야구장에 간 적은 없는 듯했고 텔레비전 중계를 보거나 신문을 보면서 입으로 하는 응원이 전부였다.

"으와아! 차장님. 어제 우리 경신상고 투수가 연타석 홈런을 빡빡 깠습니다. 포수는 6타석 4타수 4안타, 유격수는 도루만 네 개. 결승 진출은 맡아놨구만."

"이거 봐요. 비읍 씨. 자넨 인문계 나왔잖아. 자네 고향에서는 이름만 비슷하면 다 한 학교 출신이 되나?"

"헤헤. 차장님, 모르시는 말씀. 경신시야말로 한국인의 영원한 구도(球都) 아니겠습니까. 야구 하면 경신, 경신 하면 야구지요."

듣고 있던 미음이 나섰다.

"그럼 시 이름을 야구시로 짓지 그랬어요. 아냐, 비읍 씨 고향을 기리는 의미에서 앞으로 우리가 비읍 씨를 야구 씨라고 불러줄게."

어지간하면 질릴 법도 하련만 비읍은 천하태평이었다.

"이거 사방에 적군뿐이니 완전히 사면초가일세. 오호통재라."

"비읍 씨, 하나 물어볼 게 있는데 말예요. 사면초가에서 왜 적군이 초가를 불러요?"

"역시 미음 선배님은 여자라서 그런지 몰라도 역사는 잘 모르시누만. 그게 말임다. 항우가 적벽대전에서 유방에게 포위가 됐는데 말임다."

"적벽이 아니라 해하겠지."

"차장님, 적벽이나 해하나 그건 중요한 게 아니고 말임다. 한나라 군사가 초나라를 포위하고 오래 있다가 보이까네 초나라 유행가를 다 배웠다는 검다. 항우가 듣다가 그 노래가 너무 슬퍼서 아, 졌다 하고 자살을 했단 말임다."

"한나라 군사가 초나라 노래를 불러줬다구?"

"그쵸. 그게 유방의 작전이었다 이 말임다. 아, 근데 차장님은 한참 이야기가 흥미율율할 만하면 꼭 초를 치십니까, 그래?"

"흥미, 뭐?"

"또 초 치셔."

"비읍 씨. 나도 못 들었어요. 흥미 뭐라고 했어요?"

"아, 율율!"

"율율?"

"율! 율! 왜욧!"

홍미진진(興味津津)을 홍미율율(興味律律)로 우겨 자신이 바라던 '야구계의 신사' 말고 '율율'이라는 별명을 얻은 그는 그 후에 개전(改悛), 아니 그의 말대로라면 '개준'의 기미가 좀 보이는 듯 잠잠하더니 어느 날 문득 결혼을 했다. 주변에서 전혀 눈치를 못 챌 정도로 비밀스럽게 연애를 하다 하루아침에 날쌔게 결혼식을 올린 까닭에 동료 직원들 가운데도 결혼식에 참석 못한 사람이 있었다. 그런 사람들은 미안한 마음에 집들이로 그의 집을 방문하는 길에 우리와는 별도로 오렌지 주스를 샀다.

"이봐. 거 뭐 마실 것 좀 내오지."

결혼한 지 한 달도 되지 않는데 비읍은 십 년 넘게 마누라를 호령하며 살아온 사람처럼 굴었다. 그렇게 하지 않으면 체면이 깎이기라도 하는 것처럼. 그의 부인은 시장바닥에서 산전수전 다 겪은 여인네 같은 차림으로 나타나 홍분(紅粉)의 아리따운 새댁을 보러 갔던 사람들의 기대를 꺾었다. 그리고 그 부인이 내온 음료수가 비읍에게 새로운 별명을 신사했다.

"내가 사들고 간 건 백 퍼센트 천연 무가당 오렌지 주스였단 말야. 그런데 그게 언제 오렌지 맛 환타로 바뀌었는지 모르겠어. 정말 환상적인 부부야."

일동은 그의 집을 빠져나오는 순간부터 그를 당분간 '오렌지 맛'이라고 부르기로 만장일치로 합의했다. 백 퍼센트 오렌지 주스를 마시고 있을 그의 부인은 오렌지 부인으로 부르기로 했고.

고수

꽤 오랜 시간이 지났지만 지금도 나는 그의 생김새를 기억해낼 수 있다. 헝클어진 머리칼, 질기고 때가 잘 타지 않는 천으로 만든 허술한 옷차림, 습관인 듯 느릿느릿한 행동에 검푸른 안색, 두꺼운 입술, 길고 높은 코가 달린 얼굴. 내가 당구장에 죽치고 있는 사람 가운데 유별날 것도 없는 그를 기억에 담아두게 된 데는 그의 실력이 당시로서는 전설적인 일천 점이었다는 사실이 작용했는지도 모른다. 그 무렵 내 당구 구력도 거의 십 년이 넘었던 셈인데 나는 학교 졸업할 당시의 실력인 이백 점, 거기에서 요지부동 실력이 늘지 않았다. 그러나 내가 그를 지금까지 기억하는 것은 바로 그의 표정, 무표정한 표정 때문일 것이다.

스포츠이며 오락인 동시에 승부의 전장인 당구라는 분야에는 밀고 끌고 빨고 돌리고 벗기고 먹이고 회전시키는 등등, 모르는 사람이 들으면 얼마간 색정적으로 들릴 수도 있는 무수한 말과 맞을 게 안 맞을 때의 '아아' 하는 한탄, 상대방이 생각지도 못한 것을 운이 좋아 맞힐 때의 '어어' 하는 억울함, 제발 내 건 맞고 상대방 건 맞지 말라는 기도, 거기에 걸맞은 각양각색의 몸짓과 비명과 감탄과 호소와 애원과 기쁨의 표현, 표정이 있다. 그러나 그에게는 그런 게 없었다. 그는 늘, 신기할 정도로 무표정했다. 인간의 희로애락 오욕칠정을 나타내는 표정에도 등급이 있다면 가장 높은 등급은 바로 그런 무표정이 아닐까 싶을 정도였다.

어느 무더운 여름 밤, 나는 슬리퍼 차림으로 집에서 한 정거장도 떨어지지 않은 당구장에 들렀다가 흥미로운 광경을 보게 되었다. 자주 오는 월급쟁이 단골 가운데서도 유난히 시끄러운 한 친구, 실력은 오백 점을 헤아린다고 했지만 당구를 치면서 한시도 입을 다물지 않는다는 점에서는 나와 비슷한 수준이 아닌가 싶어 보이는 삼십대 사내와 그가 당구를 치고 있는 것이었다. 수다쟁이의 동료들이 당구대를 둘러싸고 숨을 죽인 채 관전을 하고 있었고 당구장 주인인 내 친구는 팔짱을 끼고 서 있었는데 그 표정이 예사롭지 않았다.

"무슨 일이야?"

"가만히 있는 사람을 들썩여서는……"

이야기를 들어보니 자기들끼리 내기를 하다가 우승을 한 수다쟁이 친구가 전설적인 일천 점 고수한테 한수 배우자고 했다는 것이다. 그는 처음에 사양을 했는데 자신을 무시한다고 생각한 수다쟁이가 친선 게임이 아니라 내기를 하자고 도전했다. 말로는 천 점이라는데 쳐보지 않고서야 어떻게 믿을 수 있겠는가. 또 엉터리 천 점이 진짜 오백 점 실력의 사람을 이긴다는 보장도 없는 것이다. 수다쟁이는 바로 그런 점을 동료들에게 큰소리로 강조했고 자신 역시 여수 어디에서, 울산 어디에서, 영등포 어디에서 한때는 당구장 생활을 했다고 늘어놓았다. 그 생활이라는 게 얼마나 한심하고 우스운 것인가, 얼마나 곤궁하고 비참한 것인가에 대해서 "그땐 참 인생 밑바닥을 기어다녔지" 하고 이야기하지 않는 게 좋았을 것이다. 도시 변두리 당구장에서 인생의 풀기를 죽이며 시간을 때우는 한심하고 곤궁한 사람이라 해도 자존심은 있는 법이니까. 내기라는 것 때문인지, 아니면 한심한 인생이라는 품평 때문인지는 모르지만 어쨌든 그는 도전을 받아들였다.

두 사람 사이에 이른바 '제대 당구'라는 게임이 시작된 것은 내가 당구장에 발을 들여놓기 직전이었다. 제대 당구에는 당연히 내기가 붙게 마련인데 수다쟁이는 대뜸 내기 액수를 당시 여름 휴가 상여금 정도에 해당하는 금액으로 하자고 가난한 일천 점 고수에게 제안했다. 고수에게는 현금이 없었지만 고수와 당구장 생활을 한 바 있는 당구장 주인, 즉 내 친구가 보증을 서서 시합은 성립이 됐다.

한쪽은 쉴새없이 감탄과 한탄과 원망과 저주를 늘어놓고 한쪽은 시종일관 무표정하게 공을 치고 같은 자세로 기다리는 시합은 고수들의 세계를 잘 모르는 내게도 흥미진진했다. 말뿐만이 아니었다. 수다쟁이가 공을 칠 때마다 그의 몸과 함께 구경하던 동료들의 몸까지

수숫대처럼 기울어졌다 일어섰고 '하야', '허어' 하는 감탄사가 이어졌으며 가끔 박수 소리까지 터져나왔다. 시합이 막바지로 치달을수록 노골적인 응원, 몸짓과 야유가 등장했다. 침묵과 무표정으로 일관하는 그를 응원하는 사람은 보증을 선 내 친구와 심정적으로 약자 편이 된 나뿐이었다.

시합이 무르익으면서 시종일관 불리하던 고수에게 역전의 기회가 왔다. 구석에서 숨을 죽이고 있던 내 친구의 강평에 따르면 승부를 결정지을 수 있는 절호의 공이라는 것이었다. 그런데 웬일인지 그는 공을 치지 않았다. 일 분, 또 일 분이 흐르면서 사람들 사이에서 새어나오던 수군거림이 멎었다. 수다쟁이도 끈질긴 수다를 멈추고 그와 공을 번갈아 쳐다보며 허벅지를 달달 떨고 있었다. 그 떨림조차 멈췄을 때 그는 큐를 쳐들었다. 그가 친 공은 뜻밖에도 당구대를 한바퀴 돌아오는 고난도의 어려운 공이었다.

공은 당구대를 한바퀴 돌아오느라 목적구에 닿기 전에는 달려오던 힘이 많이 줄어 있었다. 수다쟁이는 공이 맞지 말기를 바라고 한껏 턱을 뒤로 젖히고 몸을 비비꼬고 있었다. 구경하던 사람들도 전깃줄에 앉은 참새떼처럼 같은 동작을 하고 있었다. 나는 그 공이 맞기를 바라면서 턱이 빠져라 하고 앞으로 내밀다가 문득 맞은편에 있는 그의 표정을 보게 되었다. 그는 여전히 무표정했다. 눈은 굴러오는 공에 맞춰져 있었으나 그 외의 변화는 없었다. 치기 전이나 치고 난 다음이나 한결같았다.

아슬아슬하게 그 공이 맞음으로써 승패는 분명해졌다. 그는 나머지 공을 쉽게 쳐내고 승부를 마감한 다음, 돈을 받았다. 요란한 발소리와 함께 수다쟁이와 그 일행이 나가버리자 당구장에는 우리 셋밖에 남지 않았다.

"아까 그 공이 결정구 같은데…… 그런데 왜 그렇게 어렵게 쳤을까?"

"그게 안 맞더라도 다음 공이 없게 만든 거야. 고수들 공은 원래 그런 거지."

그런 이야기 끝에 어디 가서 맥주나 한잔하기로 이야기가 되어 내 친구는 뒷정리를 했다. 기다리는 동안 고수는 신발을 벗고 부채질을 했는데 그때 나는 이상한 것을 보게 됐다. 그의 양말의 엄지발가락 쪽에 구멍이 나 있는 것이었다.

"궁금해?"

어느새 다가온 내 친구가 대신 대답을 해주었다.

"고수 체면에 몸을 쓸 수는 없잖아. 대신 구두 속에서 발가락을 꼼지락꼼지락하다 보면 양말이 저 모양이 된다네."

무표정한 고수는 그제서야 보일 듯 말 듯한 웃음을 떠올리며 손가방을 열었다. 그는 그 속에 들어 있던 양말과 수건, 칫솔, 비누 등등의 떠돌이의 상비품을 꺼내고 조금 전에 딴 돈을 집어넣었다. 가방에서 나온 양말 역시 한결같이 엄지발가락 부분에 큼지막한 구멍이 나 있었다.

자두가 붉은 뜻은

        과일의 왕이 누구인가, 또는 무엇인가에 대해서는 따질 생각이 없다. 그러나 막 태어난 귀여운 왕자 같은 과일이 무엇인가고 묻는다면 나는 자두라고 대답할 것이다. 이 과일은 장미나무과에 속하는 낙엽 교목인 자두나무에 열린다. 자두나무의 꽃은 사월쯤에 피고 석 달쯤 지나 겉은 붉고 과육은 황색인 달고 새콤한 열매가 맺힌다.

  자두가 얼마나 맛있는가에 대해서는 다음과 같은 격언을 되새겨보는 것으로 충분하다. "오얏나무 아래에서는 갓끈을 고쳐 매지 말고 참외밭에서는 신들메를 고쳐 매지 마라." 오얏은 자두의 다른 이름이다.

  내가 가끔 원고를 쓸 때 가던 한 선배의 농가 주택 앞 개울가에 그 자두나무가 있었다. 개울 너머에는 큰뿔사슴이 들어 있는 우리가 있었고. 그 사슴은 영화 「디어 헌터」에 나오는 그 디어를 닮았다. 우리 속에 들어 있는 큰뿔사슴은 그것을 기르는 사람의 경제 규모를 짐작하게 해준다. 그 사람의 성향이나 기질도 어렴풋이는 알게 해준다. 그게 뭐냐고?

큰뿔사슴은 웬만한 소보다 비싸다. 소에게서는 우유나 고기가 나온다. 쟁기를 끌게 하고 멍에를 지울 수도 있다. 큰뿔사슴? 우유도 고기도 힘도 나오지 않고 우리에서는 매일 한 바가지 정도의 파리만 나온다. 그런데도 큰뿔사슴을 키우는 이유는? 큰뿔사슴이 모가지가 길어 슬픈 짐승이어서? 그 사람이 동물 애호가라서? 월남전에서 영혼에 상처가 난 사람이라서? 그냥 심심해서? 아니다. 큰뿔사슴에게서는 큰 뿔이 나온다. 같은 사슴이라도 꽃사슴에게서는 그저 손가락 굵기의 녹용을 얻을 수 있지만 큰뿔사슴에게서는 삽자루 같은 대형 녹용도 얻을 수 있다. 자, 큰뿔사슴을 기르는 사람은 그 큰 뿔로 한탕하자는 것이다. 기왕 키우는 거, 크게, 한번에 한몫 보자는 것이다. 이게 내가 짐작한 바다.

큰뿔사슴의 우리 너머에 있는 앞집 주인의 성은 '고', 그래서 나는 '고씨 아저씨'라고 부른다. 앞집은, 슬레이트 지붕에 흙벽인 선배의 집과는 달리, 몇 년 전에 평당 이백만 원 가까이 들여 지은 늠름한 현대식 주택이다. 페치카용 굴뚝이 달린 짙은 갈색의 지붕, 커다란 유리를 끼운 벽, 금붕어를 기르는 연못 등이 고씨 아저씨와 그의 가족들의 직업을 알쏭달쏭하게 만든다. 하여튼 고씨 아저씨는 농부다. 앞집의 앞집과 윗집은 고씨 아저씨의 집보다 더 호화찬란한 별장인데 고씨 아저씨는 이 두 집의 관리도 해주는 것으로 알려져 있다. 잔디도 깎아주고, 물도 뿌려주고, 누가 그 집을 기웃거리면 눈도 부라려주고. 물론 그에 상응하는 돈을 받을 것이다.

그건 그렇고 선배의 집과 앞집 사이에는 개울이 있고 개울가에 자두나무가 있었다는 이야기로 돌아가자. 자두나무 너머에 사슴 우리가 있고 그 위쪽은 복숭아밭이다.

복숭아에 대해서 당신은 어떻게 생각하는가. 내 생각에는 복숭아야말로 과일의 여왕이다. 복숭아나무의 꽃은 분홍, 담홍색인데 이 세상에서 그렇게 아름다운 꽃은 단 하나뿐이다. 복숭아꽃이 피어야 비로소 봄이 볼 만한 게 된다. 봄이란 '복숭아꽃을 봄'에서 나온 말이라고 해도 될 정도다. 여름? '복숭아가 열매 맺음'에서 '열매 맺음→열음→여름'이 되었다고 나는 주장한다. 같은 논리로 복숭아를 먹는 것은 '세상을 사는 기쁨'이고 복숭아를 따는 것은 '세상을 따는 즐거움', 복숭아를 바라보는 것은 '세상을 보는 느낌'이다. 막 붉은 물이 드는 초여름의 복숭아는 어린 왕녀처럼 기품 있고 다 익은 붉은 복숭아는 풍부한 즙과 부드러운 과육으로 다른 과일에서 맛볼 수 없는 농염한 맛을 선사한다. 먼 옛날 고승을 유혹한 어느 궁주(宮主)가 그랬을까.

내가 선배 집에 있던 때는 칠월이었다. 복숭아밭의 복숭아에 붉은 물이 들 무렵이었다. 나는 왕녀의 기품을 흠모하여, 즐겁고 기쁘게 그 복숭아를 먹기로 했다. 복숭아밭에는 임자가 있다. 복숭아나무에도 임자가 있고 복숭아에도 임자가 있다.

　상식적으로 하자면 우선 복숭아밭 주인을 찾아가서 이렇게 말해야 한다.

　'저 오늘 저녁 여덟시경에 복숭아가 먹고 싶어졌습니다.'

　그럼 주인은 대답하리라.

　'복숭아는 아직 덜 익었소.'

　내가 말한다.

　'제가 먹고 싶어하는 게 바로 그것입니다. 막 붉은 물이 들기 시작하는 복숭아. 저는 그 왕녀와 같은 기품을 먹고 싶은 겁니다.'

　'복숭아는 다 익기 전에는 딸 수 없소. 그건 나의 판단이자 자연이 복숭아에 요구하는 바요.'

　'아무튼 저는 복숭아가 먹고 싶군요.'

　'그럼 따 드시오. 얼마든 좋으니 내 밭에 달린 복숭아다, 여기고 공짜로 마음대로 따 드시오.'

　이렇게 대화가 진행된다면 얼마나 좋으랴. 그러나 대부분의 복숭아 임자, 특히 고씨 아저씨라면 그런 식의 대화를 좋아하지 않을 것이다. 그래서 내게서 복숭아밭 임자를 찾아갈 마음이 사라졌다.

　그러나 복숭아를 먹고 싶다는 유혹을 참을 수 없었다. 또한 오랜만에, 실로 오랜만에 서리라는 걸 해보고 싶어서 얼마나 몸이 근질거렸는지 그것도 참을 수 없었다. 더구나 참을 수 없었던 것은 큰뿔사슴을 키우는 사람의 한탕주의였다. 나는 모든 디어 헌터의 이름으로,

모든 암소의 자존심으로, 큰뿔사슴의 우리에서 나오는 파리떼에 대한 복수심으로 중무장을 하고 어스름한 저녁 복숭아밭으로 향했다.

복숭아밭에 들어서자마자 문득 하품을 길게 끄는 듯한 기이한 소리가 들렸다. 나는 복숭아밭에 납작 엎드렸다. 가축분뇨 냄새가 심하게 났다. 다시 하품을 길게 끄는 듯한 소리가 들렸다. 발정한 사슴의 울음 소리였다. 나는 내가 복숭아 서리를 하는 다양한 이유에 한 가지를 더 추가했다. 난 저 귀신 같은 소리를 이때껏 참아왔단 말이야.

드디어 난 모든 과일의 왕녀, 세상에 봄과 여름을 가져오는 복숭아를 손에 쥐었다. 까실한 털이 만져졌다. 복숭아 서리에서 유념할 것은 인간의 새침함과 맞먹는 이 털이다. 잘못 건드렸다가는 가렵고 따가워서 왕녀고 뭐고 본전도 건질 수 없게 된다. 나는 조심스럽게 복숭아를 따넣었고 번개처럼 마당으로 돌아와 샘물에 왕녀들을 목욕시켰다. 그때 방에서 선배가 불렀다.

"시방 뭐 하는 기야?"

"자요."

"자는데 와 물 소리가 나는 기야?"

"개울에 선녀들이 내려와서 목욕을 하나 봐요."

그날 밤 내가 먹은 복숭아의 수는 여덟 개였다.

다음날 외출했다가 돌아오는 길에 나는 누가 자두나무 아래에 서 있는 걸 보았다. 고씨 아저씨였다. 그는 내가 온 걸 아는지 모르는지 천연스럽게 자두를 따고 있었다. 나는 왜 남의 자두를 따느냐고 두 주먹을 쥐고 고래고래 소리를 지르려고 했다. 그 순간 내 발치에 내가 어제 먹고 버린 복숭아 씨가 흩어져 있는 게 보였다.

오호라, 부지런한 그가 오늘 아침 복숭아밭의 복숭아 수를 세어보았구나. 복숭아 여덟 개가 없어진 걸 알고, 주변에 그런 비행을 저지를 인물은 나밖에 없다고 판단했는지도 모른다. 심증은 있지만 물증이 없으므로 확인을 하러 왔다, 왔다가 복숭아 씨를 보고는 물증을 잡았다, 그래서 자두를 따면서 나를 기다리고 있었다, 내가 뭐라고 하면 당장 멱살을 잡으려고, 보란 듯이, 능청스럽게, 어디 입만 빵끗해봐라 벼르면서.

그래서 나는 다시 신중히 생각하지 않을 수 없었다. 사실, 개울은 누구의 것도 아니다. 누구의 것도 아닌 개울가에 서 있는 자두나무 역시 누구의 것도 아니다. 누구의 것도 아닌 자두나무에 달린 과일의 왕자, 볼이 미어터질 듯이 붉은 자두 역시 누구의 것도 아니다……

고씨 아저씨는 그런 걸 아는지 모르는지, 그런 생각을 해봤는지 말았는지 계속 자두를 땄다. 그러더니 한 바가지 정도를 덜어서 내게 주었다. 나는 그걸 화해의 표시로 받아들였다. 과일의 왕녀와 왕자의 위대한 화해. 나는 고맙다고 말했고 고씨 아저씨는 뭘 그런 걸 가지고 그러느냐고 너털웃음을 치면서 자기는 세 바가지 분의 자두를 들고 어슬렁어슬렁 집으로 돌아갔다.

한 시간쯤 있다가 선배가 돌아왔다. 나는 자두를 씻어서 그에게 주었다.

"맛있구먼. 다 딴 기야?"

"내가 안 땄수. 고씨 아저씨가 따서 나눠줬는데."

갑자기 선배는 화를 버럭 냈다.

"고씨가 와?"

"그 아저씨네 자두나무 아녀?"

나는 사슴 피처럼 붉은 자두를 입에 문 채 물었다.

"아이야! 우리 땅야."

"저 사슴 우리는 고씨 아저씨네 거잖어. 저기에 더 가까이 있으면 그 사람 나무 아녀?"

"사슴 우리는 아랫집 박영감네 기야."

나는 잠시 침묵을 지켰다. 그러나 하나 더 묻지 않을 수 없었다.

"그럼 저 복숭아밭은 누구 거고?"

선배는 어젯밤 내가 먹고 버린 왕녀, 어린 복숭아의 씨를 발로 툭 차면서 말했다.

"것도."

잡힌 사람

　　　그의 아내는 임신을 한 뒤 입덧을 유난히 심하게 했
다. 배도 다른 임산부보다 훨씬 더 부른 것 같았다. 본인도 몸무게가
워낙 늘자 움직이는 것을 꺼렸다. 원래 마르고 약하던 몸이어서 자연
분만이 가능할까에 대해 의사에게 상담도 했지만 의사는 그때 가서
보자고 불분명하게 대답했다.

　"자연분만이 최선이지. 그 정도의 고통도 못 참아서 제왕절개를 하
는 사람들 보면 어머니가 될 자격이 있는지 의심스러워. 내가 왕년에
군대에서 유격훈련 받을 때……"

　그는 틈만 나면 아내에게 군대 시절 인간의 능력을 초월하는 훈련
을 받은 경험과 인간은 극한상황에서 자신의 능력을 초월하도록 설
계되었다는 식의 이야기를 늘어놓았다. 그리고 복식호흡이니, 무통
분만이니 하는 내용을 담은 책을 집으로 사들고 와서 자연분만을 하

도록 격려하고 유도했다. 그렇게 시간과 돈을 들였음에도 불구하고 그의 아내는 분만실에 들어가기 전 잔뜩 겁에 질려 있었다.

"여보, 할 수 있지. 할 수 있을 거야. 당신은 틀림없이 해낼 수 있어. 이숙희, 화이팅!"

그는 침대를 따라가면서 주먹을 불끈 쥐어 보이며 아내를 격려했다. 아내는 간헐적으로 찾아오는 진통에 몸을 뒤틀다가 문득 그를 돌아보더니 군대 가는 셈치고 어떻든 한번 노력해보겠다고 속삭였다. 그는 분만실 앞 긴 의자에 앉아 세 시간 동안 안에서 들려오는 신음소리를 듣다가 도저히 참을 수 없어서 병원 밖 가게에 가서 맥주를 몇 병 들이켜고 돌아왔다. 또 세 시간이 지났다. 그는 다시 병원 앞 가게로 가서 소주를 벌컥벌컥 들이켜고 자리로 돌아왔다. 간호사가 나와서 그에게 안으로 들어오라고 일렀다. 그는 비틀거리는 걸음을 추스르며 분만실 안으로 들어갔다.

"여보, 더 이상 못 참겠어요. 수술을 하게 해줘요, 응?"

그는 약해지려는 마음을 가다듬었다.

"한 번만 더 해봐. 우리 같이 노력하자고. 내가 바로 밖에서 기다리고 있잖아. 걱정하지 말고 해보라구. 수술이 꼭 필요하면 다 해주기로 했어. 마지막이야, 마지막."

그의 아내는 울면서 간청을 했지만 그는 어금니를 뽀독뽀독 씹어가며 도리질을 했다. 의사도 마지막으로 한 번 더 시도해보고 그 다음에는 수술을 하자고 말했다. 그는 아내의 손을 쥐었다 놓고 밖으로 나왔다. 그리고 그의 아내가 마지막 안간힘을 쓰는 동안 군대 시절 유격훈련을 하다가 어깨뼈를 부러뜨렸을 때의 고통을 생각하면서 의자 위에서 깜빡 잠이 들었다.

그의 아내는 마지막 시도에서 성공했다. 아들이었다. 그러나 그는 바로 그 감격적이고 극적인 순간을 잠자느라 놓치고 말았다. 달려가서 아내의 어깨를 껴안고 "수고했어. 사랑해"라고 해줘야 하는데 그 기회도 놓쳤다. 다 원수 같은 잠 때문이었다. 그의 장모는 그를 깨울 생각은 하지도 않고 분만실로 달려들어가 막 정신을 차린 그의 아내에게 무슨 신나는 뉴스라도 되는 듯 그가 코까지 골더라고 알려주었다. 그의 아내는 그 일을 가지고 두고두고 그를 윽박질렀다.

"당신은 입이 열 개라도 할말이 없는 사람이야. 내가 그렇게 애원을 했는데도 수술을 못해준다고 하더니 응, 나는 죽을둥살둥 모르고 발악을 하고 있는데 쿨쿨 잠을 자?"

그는 자신이 술을 마신 건 다 아내를 사랑한 나머지, 태어날 아기와 아내를 염려한 나머지 초조감과 불안을 이기지 못해서 그런 것이라고 변명을 하려고 하다가 생각을 고쳐먹었다. 어차피 아내는 논리적으로 이야기를 한다고 해서 납득할 사람이 아니었다. 장미를 한 다발 사가는 게 훨씬 더 효과적이었다. 그는 중대한 실수를 하긴 했지만 소기의 전과를 올렸다는 것으로 스스로를 위로했다. 그 전과란, 한 번 제왕절개 수술을 하면 그 다음에도 같은 수술을 해야 아이를 낳을 수 있는데, 그런 바람직하지 못한 사태를 막았다는 것이었다.

"난 가끔 이상한 생각을 해. 꼭 내 아이가 다섯인데 그중 하나만 이 세상에 나와 있다는 생각."

아내와 함께 제법 걸음이 능숙해진 아이의 손을 잡고 집 근처의 삼림욕장으로 산책을 가던 날, 그는 그 이야기를 했다. 그리고 그가 어딘가에 있을 거라고 믿고 있는 아이 가운데 한 아이가 그의 아내의 뱃속에서 자라고 있다는 반가운 소식을 들었다. 그러나 그의 아내는 이번에는 미리 못을 박았다.

"이번에 애 낳을 땐 먼저 수술 도장부터 찍어야 해. 안 그러면 난 안 낳을 거야. 당신 지난번처럼 억지로 참으라고 할 거면 아예 이번 아이는 기대도 하지 말아요."

그는 뛸 듯이 기뻐 그때 그 말의 의미를 심각하게 생각하지 않았다. 그는 아이를 하늘 높이 추켜올리며 소리쳤다.

"주현아, 동생이다, 네 동생이 생겼단다."

그는 지난번의 전철을 되풀이하지 않도록 출산일이 다가오면서부터는 술을 아예 끊었다. 그의 아내는 앙증맞은 아이 옷을 개키며 이번에는 볼 것도 없이 제왕절개 수술을 할 것이니 크게 걱정하지 않아도 될 거라고 아이를 돌봐주러 온 친정어머니에게 말했다.

"김서방이 아이를 더 바라지 않디?"

"아이, 엄마는. 도대체 요즘 세상에 둘 이상 낳는 집이 어디 있어요? 자기 바램이지."

"그래도 김서방은 자꾸 아이는 많을수록 좋다, 셋, 넷 하고 나서니……"

"엄마, 제왕절개를 해도 하나 둘은 더 낳을 수 있대요. 김서방도 알고 있어, 그런 것쯤."

그는 앞마당에서 줄넘기를 하다 그런저런 모녀간의 대화를 엿들으며 슬그머니 웃었다. 예정일이 되어 그의 아내는 입원을 했고 그는 군말 없이 수술동의서에 도장을 찍었다.

분만실 앞은 유난히 많은 사람이 북적거렸다. 그와 같은 남자들은 별로 없었고 노인과 배부른 여인, 아이들이 대부분이었다. 그는 경험을 해본 사람답게 의자에 느긋하게 앉아 신문을 읽고 있었다.

이따금 산모를 실은 침대가 들어갔고 그보다 서너 살 젊어 보이는 사내들이 "조금만 참아, 조금만!" 하고 초조하게 침대를 따라가고 있었다. 그는 그때마다 고개를 끄덕여가며 신문을 뒤적였다. 도중에 담배를 한 대 피우려고 잠깐 자리를 비웠지만 그 사이에 달라진 건 아무것도 없었다. 수술은 예정된 시각에 시작되어 예정된 시각에 끝날 것이었다. 그의 장모는 아이를 데리고 다른 할머니들과 이런저런 이야기를 나누며 시간을 보내고 있었다. 그는 모든 것이 자연스럽게 진행되고 있다는 데 만족했다. 그런데,

"이숙희 씨 보호자 분, 어디 계세요?"

젊은 간호사가 나와서 외쳤다. 일순 밖에서 기다리던 사람들의 관심이 그 간호사에게 쏠렸다가 자신들의 일이 아니란 걸 알자 다시 전과 같은 분위기로 돌아갔다. 그는 재빨리 일어나 간호사에게 다가갔다.

"여깁니다. 낳았나요?"

"축하합니다. 공주님이예요."

그는 사람들이 다시 말소리를 그치고 자신을 향해 부러운 눈길을 던지는 것을 느낄 수 있었다. 그는 만족스럽게 고개를 끄덕거렸다. 그리곤 돌아서서 장모에게 다가갔다.

"장모님, 딸을 낳았답니다."

"아이구, 하느님. 이렇게 고마울 데가."

장모는 성호를 그었다. 그때 곁에 있던 노인이 장모에게 물었다.

"첫애인가요?"

"아니요. 둘째예요. 얘가 바로 맏이랍니다."

"일남일녀가 됐네요. 참 좋겠다. 우리 며느리는 지금 딸, 딸을 낳고 아들 하나 더 볼라고 저 고생이라우."

"네에."

장모는 무슨 말인가 할 듯 말 듯 하다가 고개를 돌렸다. 그때, 간호사가 무슨 서류를 그의 코앞에 들이밀었다.

"도장 가지고 계시죠. 거기 찍으세요."

"이게 뭡니까?"

그는 순간적으로 크게 소리를 질렀다. 도장은 분명히 미리 찍었다. 또 도장을 찍으라면 쌍둥이라는 말인가.

"기왕 개복을 한 김에 불임시술을 하려는 거예요. 다들 그렇게 해요."

"뭐요?"

그는 펄쩍 뛰었다. 아직 낳아야 할 아이들이 얼만데, 불임시술?

그러자 며느리가 딸, 딸을 낳았다는 노인이 조심스럽게 그에게 물어왔다.

"지금 낳은 애가 딸이죠?"

그는 느닷없이 간섭을 하고 나서는 노인에게 짜증스럽게 대답했다.

"네, 그런데요?"

노인은 무슨 청문회를 하듯, 단답식으로 그에게 물어왔다.

"위로는 아들이 하나 있죠?"

"네."

"그럼 오늘 딸을 낳았으니까 일남일녀로 둘이죠?"

"그렇다니까요."

"아니, 그런데 또 무슨 욕심을 그렇게 내는 거야. 여자들이 애 낳으면서 얼마나 고생하는지 알기나 해? 낳기만 하면 단가. 키울 때는 또 어떻고. 그저 사내들이란……"

그는 어이가 없어 사방을 둘러보며 말을 하려고 했다. 내 아이 내가 낳는데 당신이 무슨 상관이냐. 나는 앞으로도 최소한 둘은 더 낳아야 직성이 풀릴 사람이다…… 그러나 사방을 둘러보는 순간 그는 주변에 있던 모든 여인들이 똑같은 표정으로 그를 주시하고 있는 걸 깨달았다. 그 표정은 이렇게 말하고 있었다. 이 칠칠치 못한 작자야.

정신차려.

"아, 안돼요. 나는 더 낳아야 한단 말입니다."

여인들 가운데는 몸을 반쯤 일으키고 주먹을 쥔 사람도 있었다. 간호사가 점점 더 가까이 다가왔다.

"빨리 도장 찍어요! 시간 없어요!"

"안된다니까요."

그는 자신도 모르게 한걸음 뒤로 물러섰다. 그러나 뒤에도, 옆에도, 앞에도 모두 여인들 판이었다. 마지막으로 간호사가 종이를 내민 채 육박해왔다. 그는 울상을 지으며 간호사와 노인과 장모와 그 밖의 여인들을 둘러보며 "안되는데……" 하고 마지막 저항을 시도했다.

"빨리 찍어요!"

"무슨 사내가 저렇게 어물거릴까."

"둘이면 됐지 바라긴 더 뭘 바래."

"자기 마누라 고생하는 건 전혀 몰라. 저러니 욕을 먹지."

수군거림과 외침과 속삭임과 험담이 한꺼번에 그를 공격했다. 그는 울상을 지으며 중얼거렸다.

"찍어요. 찍으면 되잖아요……"

그날 이후 그는 잡힌 사람이 되었다. 아내에게 꼭 잡힌 사람.

파이팅

　　골볼(Goal Ball)을 아십니까? 한 팀 각 세 명의 선수
가 번갈아가며 볼링처럼 공을 굴려 상대의 골문으로 보내는데 미식
축구처럼 각자의 진영 맨 뒤의 라인 전부가 골문이 됩니다. 공은 농
구공만한데 꽤 무거운가 봅니다. 공이 굴러오면 골키퍼처럼, 또는 볼
링핀처럼 쓰러지며 몸을 던져 공을 막는 게 수비 방법입니다.

　페널티 킥 같은 벌칙도 있습니다. 이때는 규칙을 어긴 선수 한 사
람만이 골문을 지키게 되지요. 다행히 골문은 축구장처럼 넓은 것은
아니고 배구 경기장만합니다. 불행하게도 혼자 지키기에는 너무 넓
습니다. 그러니 반칙을 하지 않는 게 좋겠죠. 반칙 가운데 흔한 것이
경기 중에 안대를 벗는 것입니다. 네, 선수들은 경기 중에 안대를 쓰
고 있습니다. 희한하죠? 고의로 벗는 게 아닌 경우, 곧 벗겨진 경우에
는 심판이 시합을 중단시키고 안대를 제대로 쓰게 하죠. 물론, 심판

도 있습니다. 뭐 없는 게 없죠. 언젠가 텔레비전에서 중계하는 걸 보니까 해설자까지 있더군요.

골볼 전문가인 해설자의 말에 따르면 이 경기에서 열 골 차가 나는 경우도 많다고 합니다. 다만 국제 경기에서는 세 골 이상 차이가 나는 경우가 드물다는군요. 국제 경기? 아이들의 놀이처럼 단순해 보이는 이 경기에도 국가 대표가 있다는 이야기지요. 작전 시간도 있어요. 작전 시간에는 감독이 선수들을 다그치기도 하지요. 왜 조금 더 빨리, 더 힘 있게, 더 부지런히 움직이지 못하니! 선수들은 안대를 벗고 묵묵히 땀을 흘리면서 감독의 욕을 먹습니다.

경기를 할 때 선수들은 쉴새없이 파이팅을 외칩니다. 공을 굴리기 전에, 공을 막은 다음, 한 골을 넣은 다음, 먹은 다음에도 마찬가집니다. 별것도 아닌 경기에서 지겨울 정도로 파이팅, 파이팅, 파이팅, 파이팅입니다. 뭐 말도 못할 정도로 시끄럽지요. 그래서 채널을 돌리려다기 들으니 이런 말이 들립디다.

선수들 대부분은 약시이거나 눈이 잘 안 보이는 사람들이라고 하더군요. 그나마 안대를 끼면 완전히 깜깜해지겠지요. 그런 그들에게 "파이팅!"은 '나 여기 있다'는 서로에 대한 신호지요. 희미하게 보이는 세상에서 완벽한 어둠으로 뛰어든 사람들끼리의 존재 확인일 겁니다. 파이팅, 파이팅, 파이팅, 파이팅! 경기가 오래 진행될수록 선수들의 목이 잠기더군요.

오래 보다 보면 눈에서 절로 눈물이 나는, 선수와 함께 관중도 목이 잠기는 골볼에 대해 말씀드렸습니다.

장수

전화를 통해 들려온 그의 목소리는 전혀 노인이라는 느낌이 들지 않았다. 혹시 그의 조수가 아닌가 싶어 재삼 오장수 박사신가 확인을 했는데 바로 본인이라는 것이었다. 하기는 워낙 저명한 식품영양학자에 한 달에 열 번 넘게 지방 강연을 다니면서도 이백 매 이상의 원고를 집필하는 사람이 아닌가. 일흔이 넘은 나이에도 말이다. 그는 내가 경영하는 출판사의 이름을 대자 금방 그곳이 건강 관련 서적을 중점적으로 취급하는 곳이 아니냐고 물어왔다. 그래서 이야기는 쉽게 풀렸다.

"선생님의 원고를 신문에서 보고 연락을 드렸습니다. 혹시 지금 연재하시는 칼럼을 출판하실 의향이 있으신가 해서 말입니다."

"연재를 시작한 게 겨우 2주일인데…… 상당히 동작이 빠르시군."

"박사님은 워낙 유명한 분이시니까요. 집사람이 선생님의 열렬한

팬입니다."

아내가 오장수 박사의 팬이라는 건 사실 과장이다. 시청 부녀회관에서 열린 초청 강연회에 갔다가 오장수 박사를 보고 와서는 "텔레비전에서 볼 때보다 훨씬 젊게 보이더라구요" 하고 한마디했을 뿐이었다. 어쨌든 그는 만족감과 느긋함이 묻어나는 목소리로 약속 장소를 일러주었다. 도착해보니 그곳은 온통 화려한 봄옷 차림의 젊은이들이 가득 차 있는 커피 전문점이었다.

"아이구, 이거 저만 해도 눈 둘 데가 없는데 박사님은 역시 마음이 젊으시군요."

내 너스레에 오 박사는 눈을 가늘게 뜨고 미소를 지었는데 아닌 게 아니라 그 미소만 해도 오십대 이하의 장년에게서나 볼 수 있는 근사한 것이었다. 일흔 살 넘은 노인이 검버섯은 고사하고 주름살도 거의 없었고 머리도 거의 빠지지 않았다.

"뭘 드실 거예요?"

초미니스커트를 입은 처녀가 우리를 재촉했다. 그는 재촉을 받고 나서도 한참 동안 주문판을 들여다보았다. 나는 커피를 주문했는데 그는 딸기 주스를 골랐다. 이야기가 진행되는 동안 주스와 커피를 가져온 처녀가 주스는 내 앞에, 커피는 그의 앞에 놓았다.

"아니, 저쪽."

나는 자리를 바꾸어달라고 부탁하면서도 그 나이에 딸기 주스를 주문하는 박사의 심정을 헤아릴 수가 없었다. 박사는 빨대를 써서 붉은 딸기 주스를 쪽쪽 소리내어 빨아먹었다. 내가 멍하니 쳐다보는 것을 의식했는지 다음과 같은 말을 했다.

"딸기는 강력한 발암 물질인 니트로사민의 생성을 억제하는 효과가 있거든. 딸기를 으깨서 액체를 만들면 바이러스 번식을 억제하는 것을 확인할 수 있어요. 딸기에는 식물 섬유 펙틴이라는 것도 들어 있는데 그건 혈중 콜레스테롤치를 낮춰요. 내가 보니 정 사장도 콜레스테롤이 좀 높을 것 같군."

근자에 들어 나도 비만에 대해 상당히 의식을 하는 편이다. 그래서 가볍게 반격을 했다.

"저는 뚱뚱해도 제 처는 말라깽입니다. 콜레스테롤치가 정상보다 낮다더군요. 우리 부부를 평균하면 남과 비슷하지요."

"아니, 그러면 두 사람 다 나쁜 거예요. 적당해져. 낮아서도 안되고 높아서도 안되고. 콜레스테롤, 콜레스테롤 하니까 사람들이 계란 노른자에도 과민하게 반응을 하는데 부인한테는 계란 노른자를 드시라고 하세요. 그건 완전식품이지."

"이 커피는 어떻습니까."

박사는 내 눈을 들여다보면서 차근차근 일러주었다.

"사람이 먹는 식품이라면 다 일정한 효과가 있어요. 커피도 염려하는 것처럼 나쁘지는 않아. 커피에는 카페인이 들어 있지. 카페인은 뇌의 활동을 활발하게 하고 기관지 근육을 이완시켜요. 천식에도 좋단 말이에요. 또 항우울제 작용도 하거든. 혈압 조절이 잘 안되는 노인들은 식전에 한 잔씩 마셔두면 효과가 좋지. 커피에는 타닌이라는 게 있는데 그건 충치 예방 효과도 있고."

나는 그 자리에서 감복하고 말았다. 원고는 육 개월 후에 받기로 했고 계약 조건도 다른 필자에 비해 후한 조건으로 정해졌다. 나는 박사와 통화를 하거나 만날 일이 있을 때는 직원을 시키지 않고 직접 했는데 그때마다 내 건강상의 문제나 걱정을 곁들여 상담받을 수 있으리라는 기대가 작용했기 때문이었다. 그것만 해도 후한 계약 조건의 본전은 건질 것이었다.

박사는 원래부터 건강 체질은 아니었다고 했다. 태어나서 몇 번 죽을 고비를 넘길 정도로 중병에 걸리기도 했고 잔병은 늘 몸에 달고 살았다. 그래서 일찍부터 건강에 관한 것이라면 무엇이든 관심을 가지고 들여다보게 되었다. 그렇게 한 결과 대학에서 식품영양학을 강의하게 되었고 삼십대 이후는 하다못해 충치나 무좀 같은 병에도 걸려본 적이 없다고 했다. 지금은 부와 명예와 건강이라는 세 마리의 토끼를 다 잡은 행복한 인생을 구가하고 있는 셈이었다.

책이 나오기 직전, 박사의 집에 가게 되었다. 인지를 찍어와야 했는데 박사가 마침 지방 강연 중이어서 집에서 부인이 대신 인지를 찍겠다고 했기 때문이었다. 박사의 집은 양지 바르고 조용한 곳에 자리 잡은 아담한 한옥이었다. 담 밖으로 감나무며 대추나무가 보였고 대문 안으로 들어가자 키가 낮은 오미자와 구기자나무가 서 있어서 키 큰 나무와 조화를 이루었다. 관상용으로도 볼 만했고 열매는 장수와

연관된 나무들이었다. 나도 박사에게 어지간히 들을 만큼 들어 마당 곳곳에 심어져 있는 초목이 무슨 역할을 하는지 대략은 헤아릴 수 있게 되었다. 이뇨에 좋다는 호박, 몸 안의 독소를 없애준다는 우엉, 류머티즘 찜질에 좋은 파, 소화 불량을 치료해주는 무. 연못 속의 연뿌리는 코피를 멎게 해줄 것이었다. 직원에게 받아오라고 해도 좋을 것을 내가 직접 간 것은 바로 박사의 집에 무엇이 심어져 있나, 우리 집에 무엇을 심고 먹을까를 보고 느끼기 위해서였다.

박사의 부인은 조금 우울해 보였다. 흰머리도 많았으며 주름 역시 여느 칠십 노인처럼 많았다. 이 양반이 자기만 건강하고 자기만 장수하려고 하나? 부인에게는 아무것도 해주지 않는 모양이지? 내가 그런 의문에 사로잡힌 채 차를 마시고 있을 때 집 안쪽에서 무엇인가 깨지는 소리가 났다. 부인이 달려들어가고 난 다음 곧 시끄럽게 다투는 소리가 들렸다. 이윽고 부인이 상기된 얼굴로 나와서 실례했다며 사과했다.

"안에 누가 계십니까?"

부인은 머뭇머뭇 대답했다.

"어머님이세요."

"저런! 연세는요?"

"올해 아흔여섯이신데요. 아직 기운이 많으셔서 매일 며느리 닦달을 하신답니다."

부인의 체념한 듯한 표정을 보면서 나는 문득 건강하게 오래 산다는 게 반드시 행복하기만 한 것은 아니라는 생각을 할 수밖에 없었다.

외로운 인간

내 직업은 알다시피 작가다. 작가라는 직업은 회사원이나 농부처럼 남들에게 명확히 말해줄 것이 못 된다는 게 내 생각이다. 특히 "직업이 뭐요?"라고 심문하듯이 묻는 상대에게는. 작가가 첩보원처럼 비밀스럽다거나 대통령이나 프로야구 선수처럼 놀라운 직업도 아니지만 당사자의 입으로 말하기에는 어쩐지 발음이 잘 되지 않는 특성이 있는 것 같다.

하여간 나는 그런 질문을 받았다. '여권 발급'이라는 팻말이 붙어 있는 책상 앞에 앉은 늙수그레한 담당자에게. 시정(市政)을 시민의 편의 위주로 서비스 차원에서 실시한다는 요즘의 구호가 농담만은 아니었던 모양으로, 서부영화에 나오는 바처럼 생긴 긴 나무 탁자가 민원인과 담당 공무원 사이에 설치되어 있고 갖가지 서류를 토해내는 프린터, 임립한 컴퓨터, 청결하고 쾌적한 분위기가 나같이 일 년에 한두 번 시청에 올까말까 한 사람들로 하여금 혹시 장소를 잘못 찾아온 게 아닌가 싶어 어리둥절하게 만들기에 충분했다. 다만 여권 발급 창구의 그 나이 든 담당자만은 예외여서 어디선가 본 적이 있는 것 같아 내가 번지수를 잘못 찾은 건 아니구나 하는 안심을 주는, 그렇지, 내가 예전에 까까머리였을 때 주민등록증을 발급받으러 처음으로 동사무소에 갔을 때의 그 공무원을 닮아 있었다.

나는 여권 발급 업무를 담당하는 그 공무원의 질문, "직업이 뭐냐니까?" 하는 질문에 "글 써서 삽니다"라고, 애초부터 직업란을 채우지도 못할 정도로 제 직업을 말하기를 꺼려하는 사람답게 조그만 소리로 대답했다. 그런 내 말이 잘 안 들렸던 모양으로 그는 "뭐라고?" 하고 어깨를 세우며 다시 반말로 묻는 것이었다. 나는 주민등록증을 내러 갔다가 사진이 흐릿하다고 톡톡히 혼이 났던 그때 그 기억을 떠올리지 않을 수 없었다.

"대학씩이나 나온 사람이 왜 그렇게 어물어물해?"

그는 여권 발급 신청서의 최종 학력란을 예리하고 신속하게 참고하여 우물쭈물하는 내 태도를 나무랐다. 그래서 나는 '농업'이라고 내 직업을 정정했다. 조그만 텃밭에 파와 고추를 지어 먹는 것은 사실이었고 작가나 농부나 간에 '짓는다'는 점에서는 공통점이 있었으니까.

"왜 왔다갔다해? 자기 직업도 몰라요?"

"죄송합니다. 농업으로 써주십시오."

그는 나를 쓰윽 한번 훑어보고는 자를 꺼내 내 직업란을 대각선으로 반듯하게 줄쳐버렸다. 그 옆에 있는 직위며 직장 전화번호, 기타 등등도 함께. 그래서 나는 졸지에 무직자가 되고 말았다. 그거야 어떻든 나는 참았다.

"글씨가 왜 이 모양이야. 이건 한번 제출하면 컴퓨터로 처리하는 공문서란 말이야."

그러면서 그는 내가 다른 약속 때문에 바쁘게 쓰느라 날아다니다시피 한 글자를 한 자씩 꼼꼼히 살펴 쓰러진 건 일으키고 칸을 벗어난 건 칼로 긁어내는 등의 무료 서비스를 베풀어주었다. 그래서 나는 그의 혹평을 또 한번 간신히 참고 견뎌냈다. 당분간은 별로 쓸 일도 없는 여권을, 남들이 낸다고 덩달아, 약속을 앞두고 자투리 시간을 쪼개 온 것이 잘못은 잘못이었으니. 그는 느릿느릿하게, 또 하나도 빠짐없이 자신이 하고 싶은 대로 일을 하면서 내가 다시는 이 따위 일로 오면 강아지 친구다, 라고 뼛속까지 후회할 만한 충분한 시간을 준 다음 위엄 있게 다시 질문했다.

"어디 갈 거요?"

"시내로 갈 건데요."

"아니, 이 양반이 바쁜 사람 앞에 놓고 자꾸 농담만 하네. 여권 만들면 어디로 갈 거냐고?"

그놈의 '양반'이라는 말에 주민등록증을 낸 이후 험한 세상 어디서고 양반 대접을 받아본 적이 거의 없는 나는 다시 꾹 참고 말았다.

"그냥 내두려고요."

"그냥?"

그는 한심하다는 듯이 고개를 젓더니 친절하게도 자기 손으로 여행 예정지란을 채워주었다. 그가 대학을 나온 무직자이며 글씨는 엉망인데다 어리숙하기까지 한 나 같은 인간이 가기에 적당하다고 골라준 국가는 태국이었다. 목적은? 관광.

그는 또 슬로비디오를 보는 듯한 동작으로 내 사진을 오려 풀로 붙인 다음, 서랍에서 어느 은행의 무통장 입금증을 꺼내 한 자 한 자 꾹꾹 눌러서 여권 발급 대금을 적었다. 나는 어금니를 꽉꽉 깨물면서 참고 기다렸다.

"이거 입금하고 와요. 어디 있는지 알고 있어요?"

내가 슈퍼맨처럼 빠르게 입금을 한 다음 거의 일 분 만에 제자리로 돌아오자 그는 조금 놀란 듯했다.

"다 됐지요?"

내가 묻자 그는 어쩐지 서운한 느낌이 묻어나는 표정으로 고개를 끄덕였다.

"언제 나오나요?"

"한 일주일? 그 전에 전화를 하고 오라고."

내가 번개처럼 창구에서 돌아서서 회오리처럼 빠른 동작으로 거의 입구까지 갔을 때 그의 목소리가 들려왔다.

"전화번호 알아? 꼭 전화를 하고 와야 해. 오백삼십삼국에……"

그 목소리가 어째서 내게는 애처롭게 느껴졌을까. 돌아보니 그는 자리에서 일어나서 길게 비쳐드는 늦은 오후의 햇살을 받으며 쓸쓸한 눈으로 나를 바라보고 있었다. 그때 나는 비로소 그가 외로워하고 있다는 것을 알았다. 그 역시 나처럼 외로운 인간이었던 것이다.

중간에 적당히 화를 내주었어야 했는데. 참을성 많은 것을 자랑으로 아는 이 못된 직업, 요 못된 성질. 그러나 나는 그에게 다시 돌아가 전화번호를 물어보지는 않았다. 어차피 당분간은 여권을 쓸 일이 없을 테니까, 그러니 찾으러 올 일도 없을 것이고.

완전주의자

      우리 동네에는 '류 박사'로 불리는 양반이 있다. 그 분이 정말 무엇을 전공한 박사인지는 모르지만 희끗희끗한 머리에 늘 불그레한 안색, 입을 열었다 하면 도도한 강물이 흘러나오듯 열변을 토하는 그의 모습은 텔레비전 심야 토론에 나오는 어떤 박사들보다 훨씬 더 박사처럼 생겼다.

  그는 또한 내가 참가하고 있는 조기축구회의 주전 골키퍼이다. 그에게 그 자리가 돌아간 것은 축구회에서 제일 나이가 많고 따라서 운동량이 적은 골키퍼가 적당했기 때문이다. 그러나 그건 다른 포지션을 맡은 사람들 생각이고 류 박사는 자신이 누구보다도 축구에 대해 많이 알고 있기 때문에 당연히, 자신이 골키퍼를 맡은 것이라고 생각하고 있다. 축구는 골을 먹으면 지는 것이요, 넣으면 이기는 것인데 골키퍼 이상으로 중요한 자리가 어디 있겠는가. 또 골키퍼는 피아의 허점과 장점을 냉철하게 관찰한 다음 작전을 구상할 수 있는 자리이므로 그 자리를 맡을 사람은 자신밖에 없다는 것이다. 시합 전, 시합 중, 또는 시합 후를 가리지 않고 골문 앞에서 잘했네, 못했네 감독 이상으로 고래고래 소리를 질러대곤 하는 게 그의 버릇이다. 그가 어찌나 고함을 질러대는지, 또 시합이 시작되기 전이나 후에 얼마나 잔소리를 해대는지 다른 선수들은 모두 할말을 잃고 만다.

"저런 바보! 멍청이! 등신!"

"저걸 헤딩이라고 하는 거야? 엉덩이로 해도 저거보다는 낫겠다."

조기축구회 친선 시합에 아나운서나 해설자가 있을 리가 없지만 그가 서 있는 골문 뒤에 가면 아나운서에 해설자, 감독, 선수, 응원단을 합친 중계를 들을 수 있다. 축구회 사람들이 그의 비평과 잔소리를 받아주는 것은 그가 여러 가지 미덕, 나이, 유난히 큰 목소리, 누구보다도 해박한 지식과 엄격한 논리를 가지고 있기 때문이다. 글쎄, 그 모든 것에 우선하는 이유는 아무래도 축구회 사람들이 착해서 그런 것은 아닐까.

착한 사람은 축구회에만 있지 않다. 우리 동네 사람들 전부 착하기로는 둘째가라면 서러워할 사람들이다. 류 박사가 동네를 어슬렁거리기 시작하면 사납고 말 안 듣고 세상 모르고 들까부는 딴 동네 아이들조차 착해지는 것 같다. 그의 눈에 조금이라도 거슬리는 행동을 했다가는 당장 벼락 같은 호통이 떨어지고 그래도 말을 듣지 않으면 귀를 잡아 부모에게 끌고가기, 그래도 말을 안 들으면 파출소에 신고

하기, 그래도 말을 안 들으면 천하에 몹쓸 집안(혹은 그의 독특한 용어로 쌍것들)이라는 낙인을 찍어버린다. 물론 마지막 단계까지 간 적은 없지만 말이다. 그러니 착해지지 않을 도리가 없다. 우리 동네의 착한 사람들이 그를 참아주는 한, 그는 우리 동네의 무관의 제왕이자 배지 없는 보안관에 정치평론가, 경제전문가, 거기다 유일무이한 언어학자다.

언어학자로서의 면모는 일곱 가지 얼굴을 가져 칠면조 같다는 그의 여러 가지 고상한 면모 가운데 가장 두드러지는 특징이다. 약수터 옆에 '만남에 광장'이라는 표지판이 있었는데 동사무소에 호통을 쳐서 '만남의 광장'으로 바꾸게 한 사람이 바로 그였다. '자연을 애호(愛好)합시다'의 애호는 애호(愛護)로 바뀌는가 했더니 그냥 한글로 '사랑'이라 고쳐졌다. 거기에 비하면 내가 플래카드를 플랭카드로 알아왔던 것은 애교거리에 지나지 않았다. 우리 동네를 통틀어 기념(記念)과 기념(紀念), 기능(機能)과 기능(技能), 성분(成分)과 성분(性分)을 구별하고 설명하고 오류를 지적할 수 있는 사람은 그밖에 없었다.

그는 동네 음식점들의 차림표에서 잘못된 것, 가령 '낚지뽁음→낙지볶음', '떡뽁이(떡복기, 떡뵦기)→떡볶이', '김치찌게→김치찌개', '육계장(육게장)→육개장'을 갈 때마다 일일이 지적해서 바꾸지 않을 수 없게 했고 골목 가장 깊은 곳에 있는 '어름→얼음', '팜니다→팝니다'의 간판도 지속적인 잔소리로 바로잡았다. 어떻게 그가 미장원 안까지 쳐들어갔는지는 모르겠지만 '스트레스 파마'가 '스트레이트 파마' 로 바뀐 건 그의 잔소리 덕분인 건 분명했다.

어쨌든 나는 류 박사 같은 사람이야말로 세상의 소금 같은 사람이라고 생각하고 있다. 뭐 그렇게까지 아부한 일은 없지만. 그는 완전주의자였다. '~주의자' 라는 말 자체가 그것을 지향한다는 뜻으로 자체의 완전성을 보증해주는 것은 아니고 그것으로 가는 도정에 있다는 것을 의미한다. 어쩌면 그가 '완전주의자' 에서 '주의자' 의 의미를 가끔 잊어먹는다는 것이 그의 '완전주의자' 로서의 속성을 나타내주는 것인지도 모른다. 그것만 그가 알 수 있다면 그는 정말 완전한 사람이 될 것인데 나는 바로 그게 걱정이다. 완전한 사람은 사람이 아니니까. 우리와 같이 놀 수도, 살 수도 없으니까. 그를 떠나보내기 싫으니까. 그래서 나는 그의 완전하지 못한 일면에 관한 일화를 하나 챙겨두었다.

그날은 오후부터 이슬비가 오락가락했다. 저녁이 되면서 비가 멎었는데 그때 그가 낡은 운동복 차림에 한가한 걸음걸이로 가게에 왔다.

"조 사장, 많이 바쁘지?"

구멍가게를 하기 시작한 지 일 년도 못 된 나는 사장이라는 말이 어색하고 계면쩍었다.

"비 때문에요, 박사님."

그는 박사라는 꼬리를 원래 태어날 때부터 가지고 있던 사람처럼 태연하게 받아들였다. 진짜 박사가 와서 그렇게 부른다고 해도 마찬가지일 것이다.

"나 맥주 한 병 주실 수 있겠나."

"맥주라구요?"

"음, 오늘은 모처럼 한잔하고 싶군. 그런데 가지고 나온 돈이 없다네. 그렇다고 외상을 하기도 그렇고……"

나는 긴장을 풀었다. 그는 이처럼 완벽한 사람이었다. 공짜 술을 먹어도 전후를 살피고 나서 확실한 경우에 마시는 것이다. 나는 그의 팬으로서 기꺼이 그가 원하는 응답을 했다.

"뭐, 맥주 한두 병이야 제가 못 내겠습니까. 그런데 무슨 일이라도?"

내가 병을 따면서 묻자 그는 아무 일도 아닌 듯 텔레비전에 눈을 둔 채 말했다.

"저게 그 뭐냐, 회장이 국회의원 나가서 안 나온다는 그 프로그램이지?"

"그렇죠. 최불암 씨요. 떨어졌다더군요."

"우리 어머님이 물으시더군. 어머님은 저녁 연기를 몇 십 년 동안 봐오셨거든. 그런데 요새 왜 그 회장이 저녁 연기에 안 보이느냐고 물으시더라고."

"네에."

"어머님은 올해 아흔이신데 요즘도 저녁 연기 보는 게 낙이시지."

"그런데 요즘은 밥 짓는 저녁 연기 보기가 여간 힘든 게 아니죠."

"진짜 연기말고 저녁 연기 말야."

76

"글쎄요. 연기야 저녁에 나는 게 보기가 좋은데 그게 가짜 연기도 있나요? 연탄불 피우는 연기인가…… 좀 복잡하군요."

"내가 도통 텔레비전을 안 보니까 저녁 연기라는 게 언제 방송하는지를 몰라. 하여간 어머니께선……"

"아아, 그러니까 그게 전원일기를 말씀하시는 거군요."

"음. 저녁 연기. 자네는 역시 발음이 나쁘군."

나는 잠자코 웃고 말았다. 아흔 먹은 노인네라면 「전원일기」를 '저녁 연기'로 착각할 수도 있었다. 오히려 저녁 연기라는 말이 더 친숙하고 정겹다고 나는 생각했다. 그런데 그가 겨우 맥주 한 병을 공짜로 마시고 나서 어머니 몫으로 요구르트 한 병을 외상으로 얻은 다음 만취한 사람처럼 비틀거리는 걸음걸이로 가게를 나서면서 한 말이 걸작이었다.

"거 스트롱 있으면 하나 주게."

나는 얌전하게 빨대를 꺼내 그에게 건네주고 나서 그가 골목을 돌아 사라진 다음 끝내 하하하, 웃고 말았다.

암행

.

아침도 먹지 못하고 길을 재촉하던 끝에 점심때가
다 되어 고개 마루에 올라선 일행은 식당 표지판이 나타나자마자 차
를 멈췄다. 식당 앞에는 탱크롤리와 벌크 트럭 같은 대형차들이 넓다
못해 탐욕스러워 보이는 주차장에 서 있었고 먼지를 뒤집어쓴 승용
차들도 한두 대 멈춰 있었다.

'우리 ○○막국수 가든은 케이블 TV 방송에 맛자랑 멋자랑으로 전
국적으로 소개되었습니다. 우리 식당을 찾아주신 분들에게 ○○산에
서 나는 전국 최고의 산채와 약수로써 보다 더 맛있는 반찬과 음식을
맛보여 드릴 것입니다.'

식당 앞에 걸린 대형 플래카드에 적힌 문구였다.

"뭘 그렇게 오래 쳐다봐?"

일행 중에 제일 연장자인 김이 나를 툭 치면서 물었다.

"글쎄, 말이 되는지 안되는지 알쏭달쏭해서요."

"모르는 게 있으면 주인한테 물어보라구. 핵심은 잘한다는 거 아니겠어? 어, 배고프다."

식당 안에 들어서자 적지 않은 사람들이 고개를 박고 밥을 떠넣고 있는 광경이 들어왔다. 일행이 자리에 앉아마자 착 달라붙는 옷을 입은 여자가 푸른 빛이 감도는 묵직한 사기컵과 물병을 가져왔다.

"주문하세요."

김은 길에서 만난 모든 여자들에 대해서 궁금한 게 많았다. 그래서 그는 여자를 향해 물었다.

"주인이세요?"

주인으로 보기에는 젊고 경박해 보였고 주인이 아니라고 생각하기에는 그녀의 옷차림과 생김새가 좋게 말하면 자유분방했고 나쁘게 말하면 요란스러웠다. 자신의 종업원이 그런 옷을 입는 걸 좋아할 주인은 없을 듯했다.

"왜요?"

그녀는 가볍게 눈을 치뜨면서 반문했다. 맞다, 아니다라고 간단하게 대답해주기가 싫은 모양이었다.

"이 친구가 뭔가 궁금해서."

김은 턱 끝으로 나를 가리켰다. 하지만 나는 더 이상 흥미가 없었다. 케이블 TV가 언제부터 전국 방송이 되었는가, 그 방송에 맛자랑 멋자랑이란 프로그램이 있기나 한가, 전국 최고의 산채며 약수는 누가 언제 어떻게 정했는가 따위의 질문 같은 건 배부르고 한가하면서 마주하고 있는 상대가 전국 최고의 주인처럼 보일 때나 하는 것이다.

"아니, 됐어요. 안 궁금해요."

내가 고개를 젓자 그녀의 눈언저리가 샐쭉해졌다. 공연히 젊은 여자 희롱이나 하러 다니는 건달처럼 보인 건 아닌가 싶어 주문을 하자고 말을 돌렸다. 그런데 다섯 명의 취향이 각각인 게 문제였다. 비빔밥, 갈비탕, 육개장, 막국수, 된장찌개.

"너무 복잡하군. 종류를 좀 줄이죠."

내가 미안해해야 하는지, 아닌지 잘 판단이 안 서기는 하지만 아까의 일을 염두에 두고 제안을 하자 일행 중 한 사람이 반박을 했다.

"공산당 전당대회도 아닌데 왜 그래. 우린 다 배고프다고. 각자 자기가 맛있어 하는 걸 먹을 권리가 있어."

"난 사흘이나 참았어. 된장찌개는 절대 양보 못해."

"아냐. 막국수집에 와서 그렇게 유명하다는 막국수를 안 먹으면 안되지. 나도 양보할 수 없어."

그녀는 무표정하게 우리의 아웅다웅을 잠시 지켜보는가 싶더니 "막국수는 안돼요" 하고 끼어들었다.

"무슨 소리야. 막국수집에서 막국수가 안되다니."

"아저씨, 지금은 가을이에요. 가을에 막국수 먹는 사람이 어디 있어요."

그녀는 막국수라면 전국 누구에게도 뒤지지 않을 애정을 가지고 있는 김을 가르치려 들었다. 그러면서 들어오는 사람이 없는가 고개를 돌려 바깥을 살피고 있었다. 성미 급한 김이 발끈했다.

"그럼 간판을 바꿔 달아야 할 거 아냐. 막국수라고 대문짝만하게 써놓고는 막국수가 안된다면 붕어 없는 붕어빵이야?"

"호두 없는 호두과자지. 자자, 배고픈데 그만하고 통일! 된장찌개 먹을 사람?"

"난 통일 싫어."

"이 사람이 국시에 저촉되는 발언을 함부로 하고 있네. 여기서 휴전선이 얼마나 된다구. 육개장?"

"난 느끼해서 육개장 싫어."

"육개장은 안 느끼해요."

그녀는 다시 사흘 내리 아침마다 육개장만 먹어온 사람을 가르치려 들었다.

"그럼 된장찌개가 셋. 육개장 둘. 됐지?"

다른 말이 더 나오지 않도록 한 사람이 입을 막았다. 그녀는 주문을 받더니 주방을 향해 된장 세 개, 육개장 두울 하고 소리를 치고는 막 문을 열고 들어오는 오십대의 사내에게 다가갔다. 사내는 식당 안을 빠르게 살피면서 "우린 급한데" 하고는 발을 돌리려고 했다. 그 바람에 그 자리에 앉아 있는 사람들은 모두 급한 사람의 급한 일을 방해한 꼴이 되어버렸다. 그 여자는 급한 사람을 숱하게 봐온 사람의 귀감이 되는 노련한 자세로 말을 받았다.

"금방 나와요, 아저씨. 몇 분이에요?"

"네 명이야."

"육개장 드세요. 제일 빨라요."

"그러지."

제기랄, 저렇게 싹싹하게 상대해줄 줄 알았으면 우리도 진작에 반말을 할걸. 우리가 궁시렁거리는 중에 반말 잘하는 사내가 밖을 향해 소리를 치자 바쁘다는 그의 일행이 천천히 걸어 들어와 자리를 잡았다. 그들이 마실 물을 물병에 따르다가 그녀는 뚜껑을 떨어뜨렸는데 그 뚜껑이 하필 내 발밑까지 굴러왔다. 뚜껑을 주우려고 보니 바닥에 반찬 부스러기가 널려 있었다. 그녀는 내게서 뚜껑을 낚아채듯 받아들더니 옆 탁자에 있는 걸레로 붉은 국물을 닦아내고는 그 걸레가 닿은 바로 그 부분에 마실 물이 지나가든 말든 아랑곳없이 바쁘게 물을 따라 바쁘다는 일행에게 다가갔다. 그들은 물병을 받고는 말릴 겨를도 없이 바삐 입으로 가져갔다. 처음에는 입이 벌어졌지만 바쁘다 보면 그럴 수도 있을 것 같았다.

그런데 우스운 일은 그 다음에 벌어졌다. 우리 일행보다 먼저 바쁘다는 일행에게 음식이 간 것이다.

"아줌마! 이리 좀 와봐요!"

육개장을 싫어하는 친구가, 아줌마라는 말을 싫어할 게 틀림없는 그녀를 불러 따지기도 전에 이미 육개장이 바쁘다는 일행의 입 안으로 들어가고 있었다. 나는 그들의 입 속을 바쁘게 들락거리는 붉은 숟가락을 보면서 물병 뚜껑에 붙은 김칫국물을 연상할 수밖에 없었고 그 순간 밥맛이 떨어지고 말았다.

"왜 저쪽을 먼저 주는 거예요."

그녀는 내 자리 앞에 서서 투정부리는 아이를 보듯 한심하다는 눈으로 나를 내려다보았다. 그게 더 나를 바쁘게 만들었다.

"난 육개장 안 먹을래. 원래대로 비빔밥 먹을 거야."

그녀는 눈을 살짝 치켜떴다.

"지금 와서 바꾸면 어떡해요?"

"왜 안된다는 거야? 먼저 주문을 어긴 사람은 당신들인데. 순서대로 했으면 아무 일도 없었을 거 아냐."

그러나 그녀는 내 말을 듣고 있지 않았다. 그녀는 이미 주방 쪽으로 몸을 돌려 무어라고 짜증스럽게 소리를 치고 있었다. 그 바람에 참고 있던 사소한 문제들이 한꺼번에 불거졌다.

"아줌마! 왜 사람 말을 안 들어요? 난 비빔밥 아니면 안 먹는다구!"

"아저씨, 육개장 한 그릇 값은 안 받을 테니까 그냥 드시든지 말든지 하세요."

"이건 육개장 문제가 아니라니까. 왜 사람을 사람으로 취급을 안 하냐구. 난 비빔밥이야. 저 사람들 육개장처럼 빨리 줘요."

흥미롭게 나와 그녀 사이를 지켜보던 다른 사람들도 한꺼번에 궁시렁거리기 시작했다. 난 막국수, 난 갈비탕, 난 통일……

"시끄러워서 못 살겠네, 정말. 아냐, 밥 안 팔아, 안 팔아요."

걸레를 휘두르며 돌아서는 그녀의 손을 누가 잡았던가. 나였나, 김
이었나.

"아줌마, 식당 허가라는 건 아줌마 맘대로 음식을 팔고 말고 하라
고 내준 게 아니에요. 식당은 식사를 하고 싶어하는 사람에게 서비스
를 제공할 책임이 있는 거지, 일단 문을 연 이상 그 서비스를 제공하
고 말고를 결정할 수 있는 게 아니에요. 제발 내 말 들어요. 내가 군
청에 가서 신고를 하면 이 식당 사람들도 힘들어지고 나도 번거로워
져요. 그래도 아줌마가 우리에게 밥을 안 판다면 나는 분명히 신고를
할 거예요."

그 여인의 입가에 빠른 기차처럼 경련이 스쳐 지나갔다. 그러다가
어느 순간인가 웃음이 감돌았다.

"도청에서 나오셨어요? 아니면 보복부?"

나는 어리둥절해서 허기진 표정의 후줄그레한 일행과 얼굴을 마주
보았다.

"아닙니다."

"나오셨으면 그렇다고 말씀을 하셔야지 알죠. 잘해드릴게요. 죄송
해요. 원하시는 메뉴가 뭐였죠? 된장찌개 하나, 육개장 하나, 비빔
밥……"

"아니라니까요!"

그녀는 우리가 틀림없이 암행 감찰을 나온 공무원이거나 그 비슷
한 자리에 있는 사람이라고 끝내 우겼다. 그렇게 조목조목 따질 능력

이 있는 사람은 그들밖에 없다고. 그리곤 우리가 원하는 것들을 번개
처럼 가져다주었다.

'으이'를 위하여

한 해를 마감하는 자리, 친구끼리 모였다. 사람마다 생긴 게 다르고 사는 게 다르고 말투가 다르듯이 시간을 맞추는 것도 갖가지다. 미리 와 있는 사람, 딱 맞추어 오는 친구, 미리 출발했는데도 꼭 중간에서 시간을 잡아먹어 늦고야 마는 인간, 늦게 출발하는데도 늘 운좋게 제시간에 오는 녀석…… 그러고 보니 대체로 늦지만 일 년에 한두 번 제시간에 오기도 하는 나까지 다섯 명이 모였다. 늘 늦게 출발해서 늘 늦게 오는 녀석은 아직 오지 않았다.

그 친구를 기다리면서 주섬주섬 살아가는 이야기가 이어졌는데 하나같이 세상 살기 어렵고 겁난다는 이야기였다. 불경기라서 어렵고 노후 연금 넣을 때 아이들 눈치 보여서 어렵고 주차하기 어렵고 터널 통과료 내지 않으려고 길 돌아가기 어렵고, 텔레비전 드라마 보고 마누라 바람들까 싶어 겁나고 후배가 치고 올라와서 나를 일찌감치 명예퇴직 대상으로 만들까 겁나며 전원주택 전원주택 하는데 신도시 전세값 오르는 게 더 겁난다. 거기까지 이야기 했는데도 그 녀석은 오지 않았다. 우리는 계속해서 생수통에 담겨 있어서 말이 생수지, 수돗물이 틀림없는 맹물을 마셔가며 쓰레기 문제, 바닥 증시, 무역수지 문제를 심도 있게 이야기했다. 그런데도 놈은 여전히 코빼기도 보이지 않았다. 우리는 지겨워진데다 약간 화가 나서 북한 동포 탈북, 중국 연변 동포 문제에다 잠수함 침투와 그 후의 수습 과정에 대해 핏대를 세우며 의견을 교환했다. 그러나 그 이야기가 끝이 났는데도 놈은 귀때기 그림자도 비치지 않았다.

"먼저 먹지?"

"아니, 조금만 더 기다려보자구. 늦긴 해도 꼭 오긴 하잖아. 지금까지 기다렸는데 뭘."

우리는 그때까지 기다린 게 아까워서 조금 더 기다리기로 했다. 따라서 조금 더 고차원의 문제, 문제라기보다는 희망 사항에까지 관심사를 교환해야 했다. 차기 대통령 후보의 자질, GNP 1만불 시대의 레저 생활에서 스키와 골프가 차지하는 비중…… 그런데도 기다리는 놈의 발소리는 들리지도 않았다. 우리는 더 할말을 찾아보려고 했지만 서로가 화가 났다는 걸 확인했을 뿐 더 이상 공통의 화젯거리를 찾을 수 없었다.

"오늘은 좀 심한데?"

"역시 심하군."

"뭐, 더 기다릴 거 있어?"

"없다고 보네."

우리는 더 기다릴 거 없다는 데 만장일치로 합의하고 주문을 했다. 그럭저럭 약속 시간이 삼십 분이 넘게 흘렀는데 그때까지 기다린 것도 한 해를 마감하는 자리라서 평소보다 이야깃거리가 많아서였을 것이다. 주문을 하고 그릇이 날라져 오는 동안 우리는 참고 참았던 저마다의 불만을 터뜨렸다.

"이 친구는 왜 이렇게 매일 늦어. 저 혼자만 장사하나?"

"저 혼자만 연말 대목인가?"

"저 혼자만 사장인가?"

"저 혼자만 차 몰고 다니나?"

"저 혼자만 바쁜가, 으이?"

마지막으로 험담을 한 친구가 어슬프게 '으이'라는 말을 덧붙임으로써 시들해졌던 자리는 새삼 활기를 띠기 시작했다. 그의 말에 의하면 늘 늦는 그 친구는 말끝마다 '으이'라는 간투사를 덧붙여 강조를 하는 버릇이 있다는 것이었다. 그 간투사는 어지간한 말로는 사람 말을 말로 듣지 않는 시대의 서글픈 부산물이라고 덧붙이며 그는 조그맣게 '으이'라는 말을 집어넣었다. 또한 그 간투사는 '그렇지, 응?' 할 때의 '응'에서 나온 것으로 볼 수 있는데 '응'은 본래 유아어의 일종으로서 제 말에 대한 확신이 없이 떼를 쓰거나 재롱을 떨기 위해 쓰는 말이라는 의견도 나왔다. 그 이야기를 장황하게 피력한 친구는 말끝에 '으이' 라는 말을 들릴락말락 교묘하게 집어넣음으로써 좌중의 소리 없는 찬탄을 받았다. 그릇이 날라져 오고 술이 나왔다. 그러나 좌중은 이미 먹고 마시는 뻔한 절차로는 통제할 수 없는 상황에 빠져들고 있었다.

"야, 오늘은 이 집 콩나물무침의 고춧가루가 더욱 오묘한 빛을 띠는구나, 으이?"

"너, 으이 한번 해볼라구 말도 안되는 소리 하는 거지, 으이?"

"내가 언제 으이 했다고 그래, 으이?"

"네가 방금 으이 했잖아, 으이?"

"너는 남보고는 으이 하지 말라면서 너 혼자만 으이 할라구 그러지, 으이?"

"야, 제발, 으이 좀 하지 마라, 머리가 다 아프다, 으이."

"지금부터 으이 하는 놈이 술값 다 내기로 하는 거야, 으이?"

"너부터 으이 했다, 아이? 네가 다 내, 아이?"

"아이고 으이고 간에 제발 조용히 하자, 에잉……"

말을 듣고 하던 중에 나는 문득 그 친구가 스스로를 희생양으로 내세워 우리에게 아이처럼 정화되고 웃음으로 동질감을 회복하는 시간을 주려고 일부러 늦게 오는 건 아닌가, 와서 우리가 노는 꼴을 구경하면서 저 혼자 웃고 있는 건 아닌가 하는 생각을 언뜻 했다. 그러나 그 친구는 역시 우리의 수준에 맞는 우리의 친구였으니 그렇게 깊이 있고 흉물스러운 생각으로 계획적으로 늦는 친구는 결코 아니었다.

늦게 출발했으니 당연히 늦게 도착한 그는 늘 그렇듯 미안한 기색도 없이 왕자처럼 당당하게 나타나서 자리로 쑥 들어왔다. 그러나 그가 나타났을 때 우리는 모두 '으이'의 난장판을 만들고 서로에게 손가락질을 하느라 아무도 그의 출현에 대해 신경을 쓰지 않았다. 그가 육중한 몸을 내려놓고 손을 저어 우리의 시선을 끈 다음, 느릿하고 확고하게, 가슴 깊숙이서 흘러나오는 말을 하기 전까지는.

"잡담 그만! 여러분, 이제 한 해가 가고 새해가 온다. 우리 지난 한 해 일은 모두 잊고 새해에 다들 잘해보자……"

그러면서 그는 술잔을 들고 우리 모두가 주시하는 가운데 우리가 기다리고 기다리던 그 감탄사를 익숙하게 내뱉었다.

"으이?"

무겁지도 가볍지도 않고, 길지도 짧지도 않으며, 천박하지도 않고 뽐내는 것도 아닌, 그지없이 자연스러운 그의 '으이'에 우리는 모두 말을 잃고 넋을 빼앗겨 일제히 술잔을 높이 받들어 모실 수밖에 없었다. 위하여, 으이!

붉은 장미 손수건

류 교수는 늘 하이얀 와이셔츠에 검은 나비넥타이의 정장 차림이었다. 윤기가 흐르는 가죽 가방을 옆에 끼고 대학을 오르내리는 시각은 언제나 일정했다. 흰머리가 조금 섞이긴 했지만 머리숱은 젊은 사람 못지않게 풍성했고 얼굴은 소년처럼 붉었다. 잘생겼다고 말하는 사람은 없어도 멋쟁이라는 데는 누구나 동의했다. 그렇지만 그 정도의 멋쟁이는 세상에 흔하고도 흔했다. 그 대학에는 방송 출연이 잦은 유명한 교수도 있었고 에세이를 책으로 내어 수많은 여성 팬을 확보한 교수도 있었다. 그들 역시 멋쟁이였다. 류 교수는 오로지 강의밖에 몰랐고 다른 일을 하지 않았다. 그러나 그는 학교 안에서는 누구보다도 인기 높은 교수였다.

그는 학생들에게 영합하는 쉬운 강의 방식을 싫어했고 학생들을 억지로 재미있게 해주지도 않았으며 성적도 짜게 주는 편이었다. 하지만 일 년에 한 번 있는 그 인상적인 강의를 들으면 누구나 그를 좋아하게 되어 있었다. 좋아하는 것을 넘어 감탄하고 사모하게 된다는 편이 옳다.

일 년에 단 한 번 있는 그 강의 시간이 되면 그의 옷차림이 살짝 달라진다. 검은 양복, 검은 구두, 검은 양말, 흰 와이셔츠, 검은 나비넥타이는 변함 없으나 양복 윗주머니에 붉은 손수건이 꽂힌다. 그가 윗주머니에 붉은 손수건을 꽂고 대학 정문을 들어서면 그 소문은 삽시간에 대학 전체로 퍼져나간다. 그의 강의가 있는 그 시간에 든 대부분의 강의가, 다른 멋쟁이 교수의 강의까지 포함해서, 휴강 위기를 맞는다. 그의 후배거나 제자인 교수들은 같은 시간에 강의가 있는 경우 휴강을 하기도 한다. 그들도 학생 틈에 끼어 추억을 떠올리며 류 교수의 강의를 들으러 가기도 한다. 그 시간이 되면, 드디어 그 강의가 시작되려고 하면 강의실은 초만원이 되고 강의실 옆과 뒤, 심지어 복도에까지 그의 강의를 경청하려는 학구열 넘치는 학생들로 그득하다. 한마디로 후끈한 분위기가 형성되는 것이다.

그러나 그는 변함없는 걸음걸이, 변함없는 표정, 변함없는 복장으로 강의실에 들어선다. 평소에 비해 두 배가 넘는 학생들이 있건 말건 상관하지 않는다. 그는 전 시간과 똑같은 자세로 가방을 열고 늘 강독해오던 책을 꺼낸다. 그 전 시간까지 읽어온 부분을 손으로 짚어 앞자리의 학생에게 확인한다. 그것까지도 똑같다. 그는 낮은 목소리로 그 강의 시간에 읽고 감상할 부분의 제목을 읽고 돌아서서 칠판에 제목을 적는다. 수십 년 간 해온 일인데도 처음 하는 것처럼 신중하다.

그날 그가 읽을 대목, 아니 원래 읽어오던 책이 뭐였던가. 그게 기억나지 않는 게 유감이다. 일단 클레멘타인이라고 하자.

원래 클레멘타인(Clementine)은 미국 서부개척 시대의 '포티나이너(forty-niner)'들이 불렀던 노래였다. 포티나이너란 황금광 시대(Gold Rush)에 일확천금의 꿈을 안고 황금을 캐기 위해 미국 캘리포니아의 광산으로 몰려든 사람들을 말한다. 이들은 1849년부터 1858년까지 약 10년 동안 5억5천만 달러어치의 금을 캘리포니아의 광산에서 캐냈다. 당시로서는 큰돈이었지만 포티나이너 모두가 부자가 된 건 아니었고 대부분은 가혹한 노동 조건과 굶주림에 시달려야 했다. 사고와 질병, 아메리카 원주민들의 공격으로 죽어가는 사람도 많았다. 그들은 자신들이 캐낸 황금이 뉴욕과 샌프란시스코의 자본가들의 배만 불리고 있다는 것을 알게 됐고 그때부터 포티나이너 사이에서는 "나의 사랑 클레멘타인(My Darling Clementine)"이라는 자조적인 노랫가락이 흘러나오기 시작했다.

동굴에서, 계곡에서 금을 캐는 한 광부, 포티나이너가 있었네. 그에게는 클레멘타인이라는 딸이 있네. 그날 그가 읽을 대목은 이렇게 시작한다.

그는 카랑카랑한 목소리로 한 대목 한 대목을 읽어내려간다. 클레멘타인의 아름다움, 귀여움, 포티나이너의 가난한 삶에 관해 읊는다. 요정 같은 클레멘타인. 루비 같은 입술의 클레멘타인. 클레멘타인을 보는 아비의 눈가에 떠도는 미소. 아비를 향해 달려가는 클레멘타인. 세월처럼 달려와 끊임없이 부서지는 파도, 흰 파도, 검푸른 파도. 그러나 이제 클레멘타인은 가엾은 아버지를 영영 떠났다. 어느 날 클레멘타인은 바다를 떠도는 지저깨비에 휩쓸린다. 거품 이는 소금물에 빠져, 물위의 루비와 같은 입술에서 부드럽고 아름다운 거품을 불어낸다. 그러나 아버지는 헤엄을 칠 수 없다. 그리하여 그리하여……

류 교수의 목소리는 점점 낮아진다. 이윽고 떨리기 시작한다. 그의 얼굴은 슬픔으로 일그러지고 그의 어깨는 아래로 아래로 기운다. 모두들 숨을 죽이고 그의 일거수 일투족을 주시하고 있다.

내 사랑아, 내 사랑아, 나의 사랑 클레멘타인. 너는 사라지고 영원히 가버렸구나. 클레멘타인.

절정을 이루는 바로 그 부분에서 구슬프게 울리던 그의 목소리가 뚝, 그친다. 그는 강단으로 돌아가 교탁 위에 천천히 책을 내려놓는다. 왼손으로 안경을 벗어 든다. 오른손을 들어 윗주머니에 들어 있는 붉은 손수건으로 가져간다. 그의 눈에서 눈물이 흘러내린다! 수십 년 동안 매년 한 번 그 시간에 흘려온 눈물이건만 언제나 처음 흘리는 것 같은 눈물이 처연하게 그의 뺨을 타고 흐르고 있다. 그 눈물을 지켜보는 사람은 누구도 손가락 하나 꼼짝할 수 없다.

그는 드디어 우아한 동작으로 붉은 손수건을 뽑아든다. 거기에는 화려한 장미꽃이 새겨져 있다. 그는 장미의 꽃잎 부분을 손가락으로 집은 채 동작을 멈추고 창밖을 바라보며 서 있다. 눈물을 삼키기 위해서 그런 것인지 그의 목울대가 가끔씩 오르락내리락한다. 이윽고 그는 눈물을 닦는다. 안경을 닦고는 코를 요란하게 푼다. 뻬익, 하고 이상한 여음이 난다. 그런데도 웃는 사람은 한 사람도 없다. 그는 다시 안경을 쓰고 주머니에 손수건을 집어넣는다. 천천히 책을 집어든다. 마지막 부분을 낮은 소리로 읽기 시작한다.

클레멘타인이 떠나고 광부는 뼈만 남게 마르고 항상 슬퍼했네. 언덕에 있는 교회 마당에 꽃이 자라 넝쿨이 되었네. 장미가 꽃들 사이에 피어났네. 클레멘타인이 가꾼 그 장미……

다 읽고 난 뒤 그가 책을 덮는 순간 강의의 종료를 알리는 종이 울린다. 그는 책을 가방 속에 집어넣는다. 아무도 먼저 일어설 생각을 하지 못하는 강의실을 무표정하게 둘러보고는 여느 때와 똑같은 걸음걸이로 문을 나선다. 그가 나아가자 복도 양쪽으로 학생들이 갈라서며 비킨다. 침묵으로 표현되는 감동의 방식은 수십 년 동안 한결같다. 그는 박수나 환호 따위는 싫어하고 기대해본 적도 받아본 적도 없다.

그는 자신의 방에 가서 가방을 놓을 것이다. 손수건을 꺼내 서랍에 넣고 다른 날과 똑같은 복장으로 방을 나설 것이다. 시계를 보고는 점심 시간이 되었음을 알게 될 것이다. 그는 다시 서랍 속에서 손수건을 꺼낼 것이다. 윗주머니가 아닌 바지 주머니에 손수건을 넣고는 방을 나선다. 그는 교수 식당으로 가서 그날의 메뉴를 살필 것이다. 그날의 메뉴에 갈비찜이 들어 있다면 좋을 것이다. 그는 갈비찜을 푸

짐하게 타와서 탁자에 놓고 먹기 시작할 것이다. 한 해 최고의 열강을 한 탓에 그는 몹시 배가 고팠을 것이다. 두 접시째 갈비찜을 먹는 그의 콧등과 이마에 땀이 솟을 것이다. 그때 그는 주머니에서 손수건을 꺼낼 것이다. 장미가 그려져 있지 않은 쪽으로 연신 땀을 닦으리라. 그래서 장미가 그려진 붉은 손수건이 선택되었던 것이니.

재미나는 인생 2

— 뇌물에 관하여

　　세상에는 두 종류의 특수한 인간이 있다. 뇌물[1]을 주는 사람과 뇌물을 받는 사람. 대부분의 사람은 뇌물과 관계없이 살아간다. 대부분의 사람은 어째서 뇌물이 필요한지 이해하지 못한다. 하지만 뇌물과 관계를 맺고 있는 특수한 인간들은 뇌물과 관계없는 대부분의 사람을 그냥 놔두지 않는다. 왜? 말했잖은가. 그들은 특수하다.

　　특수한 그들은 글쎄, 술에 취해서도 운전을 한다. 제 차만 운전하

---

1. 뇌물(賂物) : '사리(私利)를 얻기 위하여, 일정한 직무에 있는 사람을 매수할 목적으로 넌지시 주는 부정한 돈이나 물건, 직업에 관하여 수고받는 불법적인 보수'가 사전적인 정의인데, 주는 것(증뢰 贈賂), 받는 것(수뢰 收賂), 주고받는 것(회뢰 賄賂) 등의 유형으로 나눌 수 있다. 뇌물을 주어서 얻는 이익에는 작위를 기대하는 것(안되는 일을 뇌물로 구워삶아 되도록 하는 것), 부작위를 기대하는 것(적발된 사안을 눈감아주는 것이 예)과 장기적인 투자(언젠가 한번 봐줄 것을 기대하고 뇌물을 퍼붓는 것) 같은 고차원의 이익도 있다.

면 그나마 다행인데(아니지, 그것도 나쁜 일이지, 저 혼자 몰다 저 혼자 죽어야 겨우 본전이지) 남의 인생까지도 운전하려고 든다. 예를 들어볼까. 십여 년 전 나는 그때 시골에서 막 올라와서 어디 방이라도 구해볼까 싶어 친구를 찾아간 길이었다. 그런데 그 친구가 하필 뇌물과 관계된 특수한 인간 가운데 하나일 줄이야. 친구는 방을 구하기 전에 먼저 오랜만에 만났으니 회포나 풀자면서 술을 마시자고 제안했다. 좋은 술을 마시다보면 좋은 방이 나온다면서. 좋은 방은 좋은 직업을 낳고 좋은 직업은 좋은 인생을 낳으며 좋은 인생은 종내에 그토록 좋다는 극락행 편도 기차표를 낳을 것이니 좋은 방은 극락으로 가는 첫 단추나 마찬가지 아니겠는가. 그 술집은 친구가 뇌물 관계로 자주 출입하는 집이었는데 자리에서 일어난 시간은 밤 열두시, 술값도 그 술집 여주인 생긴 것만큼이나 야무지게 나왔다. 그때까지만 해도 나는 뇌물과 아무런 관계를 맺지 않았던 고로 미래의 방값을 술값으로 내는 어리석은 짓은 하지 않았다. 그게 친구에게는 의외였던 모양이다. 친구는 미적미적 술값을 외상으로 단 다음 나를 힐끔 쳐다보고 차를 몰아 길을 나섰다. 나는 궁금한 점을 솔직하게, 그러나 조심스럽게 물어보았다.

"요새 서울에서는 음주 운전 해도 되는 기야?"

"야, 이 촌놈아. 우리 집이 여기서 얼마나 된다구 음주 운전, 비음주 비운전 떠드냐. 이 동네는 내 발바닥이란 말이다. 너는 그 자리에 찌그러져 있기나 해."

나는 일찍이 서울에 올라와 터를 잡은 그 친구의 말을 믿고 뒷좌석
에 찌그러져 있었다. 조수석에는 외상을 준 대신 집에까지 바래다주
겠다고 약속한 대로 술집 여주인이 타고 있었다. 그 여주인의 집도
친구의 집 근처라고 했다. 그건 그렇고 한 사오 리나 갔을까. 불빛이
덜미를 잡는 듯 번쩍거리고 애앵애앵, 소리가 나더니 오토바이 한 대
가 앞을 가로막았다.

　"아이고, 클났네."

　나로서는 큰일이 난 셈이었다. 친구에게 공짜 술을 얻어먹고 공짜
로 친구 차 뒷자리에 탔다가 친구가 음주 운전으로 적발되는 것까지
보아야 하니 큰일 아닌가. 하지만 친구는 태연했다. 차를 세우고 실내
등을 켜고 창문을 열었다. 친구는 기세 좋게 큰소리로 인사를 했다.

　"수고하십니다아!"

　오토바이에서 내린 사람은 우주인처럼 헬맷을 쓰고 경찰처럼 경찰
정복을 입은 사내였다. 밤인데도 선글라스를 끼고 있는 걸 보면 선글
라스 끼는 게 특기인 것 같기도 했다. 경찰은 세상만사 귀찮다는 듯
시들한 자세로 경례를 붙였다. 그리고 느릿한 어조로 입을 열었다.

　"음주 운전 단속 중입니다. 숨을 크게 불어보세요."

　경찰이 종이컵을 내밀자 친구는 도리질을 했다.

　"술 안 먹었는데요."

　그 경찰은 너 같은 인간은 하도 많이 봐서 지겹다는 듯 하품을 하
더니 다시 느릿느릿 입을 열었다.

"허허, 술집에서 나오는 걸 보고 예까지 일껏 쫓아왔는데 왜 그러시나."

친구는 부지런히 눈을 굴려 주위에 누가 있나를 살피며 대꾸했다.

"거기 근무하는 사람입니다."

"맞아요, 아저씨. 언제 놀러오세요."

조수석에 앉아 있던 술집 여주인이 거들었다.

"이거 좋은 말로 했더니 안되겠네."

그 경찰이 좋은 말을 한 적이 언제 있었던가. 하여간 그 경찰은 허리춤에서 빨대가 달린 음주측정기를 꺼내 차창 안으로 육혈포처럼 들이밀었다. 비로소 친구는 손을 휘저으며 변명을 하기 시작했다.

"에이, 아저씨. 좀 봐주세요. 집이 바로 요 앞 골목 안입니다. 이 동네 주민이라니까요."

"아, 글쎄, 불라니까요."

"그 더러운 걸 어떻게 붑니까. 나는 남이 입에 댄 건 죽어도 내 입에 못 넣어요."

그러면서 친구의 한 손이 나를 향해 급하게 흔들렸다. 어쩌란 말이야? 내 지갑에는 방을 얻는 데 쓰려고 가지고 온 돈 현금 수십만 원과 수표가 들어 있었다. 그건 시골에 홀로 사는 어머니가 눈물과 콧물을 발라 서울에서의 출세 자본금으로 넣어준 돈이었다. 친구가 그걸 향해 손짓한 것일까? 그럼 얼마나? 나는 정신을 차릴 수가 없었다.

"이거 새 빨대야. 그래도 더럽다면 바꿔주지."

어느새 경찰은 친구 사이가 된 것처럼 반말을 하고 있었다. 친구는 나를 향해 연신 손가락을 까딱거리다가 내가 계속 우물쭈물하자 위협적으로 두 손가락을 마주쳐 딱, 소리를 냈다. 그 단호한 소리에 나는 나도 모르게 주머니에서 지갑을 꺼냈고 친구의 손에 쥐어주고 말았다.

"좋시다, 아저씨. 얼마면 되겠수?"

"이거 왜 이래? 누굴 장사꾼으로 아나?"

"아, 추운데 고생하시는 거 다 압니다. 어디 가서 해장국이나 한그릇 하시죠."

그러면서 친구는 내 지갑에서 수표를 제외한 현금을 몽땅 꺼내 익숙한 동작으로 경찰에게 내밀었다. 경찰은 눈부시게 빠른 동작으로 그 돈을 받아넣고는 한다는 소리가

"요새 단속이 얼마나 심한데 술을 먹고 운전을 해요? 가까이 사신다니까 봐드리는데 하여간 조심해서 가세요. 내가 바래다드려?"

"됐어요, 됐어. 집이 바로 코앞이라니까. 젠장, 재수가 없으려니까."

재수가 없는 건 나였다. 졸지에 홀쭉해진 지갑을 떨리는 손으로 받아드는 나. 시골에 홀로 계신 어머니를 그리는 나. 어머니, 서울 온지 하루 만에 이 꼴이 됐습니다…… 그런데 그 친구는 그냥 가지 않고 경찰에게 시비를 거는 게 아닌가.

"아, 아저씨, 그거 한번 줘봐요. 기왕 돈 낸 거 한번 불어나 봅시

다."

"더러워서 안 분다며? 빨리 가자."

내가 한탄을 중단하고 재촉을 했지만 친구는 끄떡도 하지 않았다.

"아, 한 번 부는 데 기십만 원짜리 기계를 불어보지도 않고 어떻게 기냥 가냐."

그는 경찰이 내미는 빨대를 입에 넣고 힘차게 불었다. 경찰은 실실 웃으며 숫자판을 보더니 어, 하는 소리를 냈다. 숫자가 0.00으로 나. 왔던 것이다.

"이상한데?"

경찰은 빨대를 이리저리 돌리더니 다시 그 친구에게 내밀었다. 그 친구는 다시 한번 힘차게 빨대에, 그날 저녁 마신 수십 병의 맥주에 포함되어 있던 알콜 성분을 불어넣었다. 그러나 숫자는 여전히 0.00. 뭐가 뭔지 모르지만 우리 일동, 특히 나는 울화통이 터졌고 경찰은 측정기가 고장이 난 모양이라면서 미안하다고 사과했다. 그렇다고 한번 들어간 돈이 나오지는 않았다.

"내가 집 앞까지 모셔다드리지요. 따라오세요."

"아, 됐다니까!"

나도 어느새 경찰에게 친구처럼 반말을 쓰고 있었다. 그러면서 처음으로 뇌물업계의 특수한 인간[2]들을 보게 되었다.

세월이 흘러 나는 방과 직장을 구했다. 그 세월 동안 친구의 사업이 번창했는지 말았는지는 모르겠는데 가엾게도 그의 취미이자 주특기인 음주 운전은 더 이상 즐길 수 없게 되었다. 뇌물을 주고받을 줄모르는 어느 평범한 경찰이 정상적으로 친구의 음주 운전 행위를 적발했던 결과, 친구의 혈중 알코올 농도는 코끼리도 그만큼 마시면 취할정도인 것으로 나타났다. 친구는 그가 혹시 뇌물업계의 특별한 인간인가, 아니라면 뇌물업계로 들어올 의사가 있는가 알아보았지만 그경찰은 정상적인 사고를 가지고 정당한 업무를 집행하는 사람이었으므로 뇌물이 통하지 않았다. 구속되지 않은 것만도 다행이었다. 그는그 당시 주려고 했던 뇌물의 다섯 배를 벌금으로 냈고 면허를 취소당했다. 그러고 나서 내게 오랜만에 연락을 해왔다. 그래서 우리는 그사건 이후 처음으로 다시 만났다.

친구는 약속 장소에 차를 끌고 나타났다. 음주 운전 대신 무면허운전이 새로운 취미이자 특기가 된 것 같았다. 하긴 아슬아슬하다는

---

2. 뇌물업계에 종사하는 사람들의 특징은 1)뇌물이 들락날락할 수 있는 여지를 주느라 말과 동작을 느리게 한다, 2)조금만 말을 주고받다 보면 어느새 반말을 쓴다, 3)뇌물을 주고받는 동작이 신속 정확하다, 4)일단 뇌물이 어느 쪽의 수중으로 사라지면 받은 사람이나 준 사람 모두 일체의 흔적(종적, 증거, 표현, 표시라고 해도 좋다)을 남기지 않는다, 4)한 가지 뇌물은 한 가지 일에 한한다는 원칙을 준수한다, 5)부업(사업, 직업)을 결코 등한시하지 않으나 본업(뇌물 주고받기)과 부업이 충돌할 경우 과감히 부업을 버린다, 6)해결할 수 없는 일에 대한 대가로 뇌물을 받지 않는다, 7)뇌물로 치부한 돈은 더러운 돈이니만치 좋은 데(불우 이웃 돕기, 헌금, 기부, 학자금 등)에는 결코 쓰지 않는다 등등이다. 이렇게 정교한 기술과 엄중한 직업관을 요구하니만치 한번 뇌물업계에 들어가 맛을 들이면 영원히 그 세계에서 발을 빼지 못하게 되는 것 같다.

점에서 음주 운전이나 무면허 운전이나 같은 집안이고 적발이 되지 않기 위해 교통 질서를 철저하게 준수하게 한다는 점에서 백해일익(百害一益)의 공통점도 있다. 친구는 나를 보자마자 차에 덜렁 태웠다. 친구는 자기 사무실로 가서 차나 한잔하자, 요즘 술을 마시지 않는다, 취소당할 면허가 없으니 음주 운전의 실리도 묘미도 없다는 등의 말을 하면서 차를 몰았다. 그리고 그는 우리가 못 본 사이 자신이 뇌물업계의 거물³이 되기까지의 영웅담을 이야기했다. 그럭저럭 친구의 사무실 근처까지 왔는데 차가 교통 신호에 걸리면서 나는 뇌물업계의 색다른 면모를 목격하게 되었다.

차가 멈추자 친구는 담배를 피우기 위해 창문을 열었다. 그러다가 바로 옆차선에 정차해 있는 순찰차의 조수석에 앉은 경찰과 눈을 마주쳤다. 두 눈이 마주친 순간, 친구는 얼른 눈길을 내 쪽으로 돌렸다. 그러나 경찰이 그냥 경찰인가. 뭔가 이상하다고 느꼈는지 차를 길 바깥으로 세우라고 신호했다. 자리를 바꿔 앉을 틈도 없었다. 그렇다고 지갑에 있는 내 면허증을 건네줄 정신이 있었던 것도 아니다.

---

3. 뇌물업계의 거물이 되지 않고서는 일상적인 세계의 거물이 될 수 없는 나라도 있다. 그게 어느 나라인가 지도에서 찾아봐야 헛일이다. 그 나라는 공간적으로 존재하지 않고 시간적으로 존재한다. 연속적으로 존재하지 않고 단면적으로 존재한다. 수평이 아니라 수직의 논리가 우세한 나라다. 넓이가 아닌, 깊이의 원칙이 통하는 나라다. 양보다는 질과 적정성이 중요시되는 나라다. 그 나라에도 대통령이 있고 대도가 있고 재판관이 있다. 전설이 있고 전쟁이 있고 영웅이 있고 시민도 있으며 호민관도 부인네도 물방울 다이아몬드 목걸이도 있고 금송아지, 은망아지, 똥강아지도 있다. 뭐 없는 게 없다.

"아, 왜 그러십니까?"

친구는 차를 세우고 창 밖으로 고개를 내밀며 말했다. 차에서 내린 경찰이 세상만사 귀찮다는 표정으로 다가왔다. 그는 한여름의 눈부신 햇빛을 맨눈으로 보는 게 취미인지 선글라스를 끼고 있지 않았다. 형식적으로 경례를 붙이는 둥 마는 둥 하더니 면허증을 제시해달라고 했다.

"아니, 왜요? 왜? 제가 뭘 위반했습니까?"

그 경찰은 느릿느릿한 어조로 심드렁하게 대꾸했다.

"왜 사람 눈을 피하는 거요?"

친구는 열심히 눈을 굴렸다.

"그것도 죄가 됩니까?"

"그럼 피하긴 피했다 이 말씀이군. 내놔보셔, 면허증."

그 말투만으로도 그 경찰은 경찰 가운데서도 보기 드문, 뇌물과 아주 친한 사람인데 그중에서도 탁월한, 노련한 뇌물 경력의 경찰이라는 걸 알 수 있었다. 내가 알 정도였으니 뇌물을 주는 데 이골이 난 사람, 그 가운데서도 탁월한 경력을 자랑하는 친구가 그걸 모를 리는 없었다.

"아이고, 날도 더운데 수고하십니다. 어디 가서 아이스크림이라도 사드시면서 땀을 좀 식히시죠."

친구는 지갑을 꺼냈고 면허증을 꺼내는 척하더니 어, 하는 표정으로 고개를 흔들었다. 경찰이 보는 앞에서 고이 모셔뒀던 면허증이 없어졌다는 연기를 하려 한 게 아니다. 현금이 보이지 않았던 것이다. 잠시 망설이던 친구는 할 수 없다는 듯 고개를 흔들며 수표를 한 장 꺼내더니 고개와 함께 수표를 흔들며 말했다.

"마침 가진 거라고는 이것밖에 없는데 거슬러달라고 할 수도 없고…… 제 회사가 바로 요 앞이예요. 저 건물 보이시죠?"

그때였다, 뇌물업계의 거물이 아니고서는 낼 수 없는, 목구멍 깊숙이서 우러나오는 은밀하고 오싹한 저음이 만사 귀찮다는 듯한 표정의 경찰의 입에서 흘러나온 것은.

"이거 왜 이래? 우리가 언제 외상하는 거 봤어?"

"에이, 할 수 없네. 그럼 좋시다. 이거 드릴 테니까 한번 봐주쇼."

뭘 봐달라고 하는 건지, 뭘 봐준다는 건지 그들은 따져보지도 않았다. 그의 손에 들려 있던 수표가 바람처럼 빠르게 경찰의 손으로 옮겨지는가 했는데 어느 사이엔지 경찰의 품속으로 들어가고 말았다. 직접 눈으로 보지 않았다면 왔다갔다했는지도 모를 지경이었다. 예술의 경지라고나 할까.

"그런데 아저씨, 솜씨 보니까 어디서 뵌 것 같다……"

친구의 말투가 벌써 달라졌다. 친구처럼 친하게 말을 건네고 있었다.

"보긴 어디서 봐요. 그런데 사무실이 정말 저기 맞아요? 아니면 내가 모셔다드리고."

경찰 역시 말투가 달라졌다. 조금 더 친근하고 봉사적이며 시민의 안녕을 염려하는 평범한 경찰의 말투가 되었다.

"혹시…… 작년 겨울에 오토바이 타고 다니지 않으셨수?"

"아아, 그때, 음주측정기가 고장나서 빵점빵빵 나왔던 그 양반?"

"그러엄. 바로 그게 난데. 우린 인연이 많은가 보네. 그럼."

두 사람은 정답게 손을 마주 흔들었다. 그리고 나서 친구는 차를 출발시켰다.

"야, 수표를 주마 우야노? 나한테 돌라카지."

"됐어, 됐다구."

친구는 손을 흔들 때와는 달리 불쾌한 기색이었다. 하긴 그 경찰 한 사람에게 준 게 수십만 원이니 그럴 만도 했다.

"그거 얼마짜리야?"

"삼십오만 원."

"야, 그 친구 오늘 노났네. 그런데 삼십오만 원짜리 수표도 있는 기 야?"

"가계수표야."

"그래?"

문득 친구의 얼굴이 활짝 펴졌다.

"참, 그러고 보니 그거 부도난 거구만."

사족. 뒷날 특수한 친구는 뇌물 바치는 데 심혈을 기울이다가 사업을 등한시한 나머지 부도를 냈다. 뒷날 특수한 그 경찰은 뇌물을 받아먹다 일반 경찰에게 적발이 되었는데 잘 봐달라고 뇌물을 바쳤다가 파면을 당한 뒤 사과를 잔뜩 실은 행상 트럭을 몰고 왔다갔다하는 걸 본 사람이 있다.

또 사족. 제행무상이요 인과응보러라. 부도 수표로 자신과 남을 불행하게 만들지 맙시다.

삼생의 연애

1

'나' 는 요즘 연애 중이다. 1990년 10월 10일 오전 ○시 ○2분. 광화문 근처를 걸어가면서 핸드폰으로 연인에게 전화를 건다. 호출신호가 울렸기 때문이다. 내 애인은 압구정동에서 휴대폰을 받는다. 예전에 쓰던 아날로그 방식보다는 나은 디지털 휴대폰이지만 신호가 울리고 나서 한참 있다가 받는다. 내 애인의 목소리는 텅 빈 방에 있는 사람의 목소리인 양 우렁우렁 울린다. 그는 내 목소리가 우주인 같다고 불평한다.

"또 전화기 바꿀 거야? 그 얘기하려고 메시지 보냈어?"

디지털 휴대폰은 음성신호를 8천 조각으로 나누어 전송하는 방식으로 1만3천 조각으로 나누어 전송하는 PCS 방식보다는 음질이 선명치 않다고 내 애인은 말한다. 자신이 전화기를 바꾸려는 것은 나에

게 언제든, 쉽고, 빠르게 '접속' 하고 싶어서라고 그는 말한다. 그리고
는 내가 자신에게 편지를 보낸 게 너무 오래됐다고 불평한다. 전화를
끊고 사이버 카페에 들어간다. 인터넷에 접속해서 내가 평소에 좋아
하는 '성억제' 시인의 시가 들어 있는 사이트에 들어가 그의 연애시
를 퍼온다. 이어 애인의 ID 앞으로 몇 마디 사랑의 맹세를 덧붙여 전
송한다. 전송이 끝나면 그의 핸드폰이 울릴 것이다. 이메일이 왔을 때
통보가 되는 서비스를 받고 있기 때문이다.

내 애인은 켜면 곧바로 위성으로 연결되는 단말기가 왜 아직 안 나
오는지 모르겠다고 투덜거리면서 돌도끼처럼 묵직한 노트북을 꺼내
휴대폰에 연결하고는 이메일을 읽을 것이다.

집에 도착한다. 그가 이메일을 읽고 나서 자동응답기에 남긴 메시
지를 확인한다. 그의 집으로 전화를 걸어 나도 그의 자동응답기에 녹
음한다.

'사랑해. 근데 말야. 우리 만난 게 얼마나 됐지? 이러다가 얼굴 한
번 못 보고 늙어 죽는 건 아닐까……'

2

전생에, 그러니까 백이십 년 전의 '나'는 늙은 느티
나무 아래에 앉아 있었다. 얼마 동안이나 그 자리에 나와 앉아 있었던
가. 그러나 내 사랑은 오지 않고 바람과 구름만 오갔다.

문득 어두운 벌판 끝에서 바늘귀만한 사람이 나타났다. 다 떨어진

삿갓을 쓰고 발을 절뚝거리며 그 사람은 백년은 걸릴 듯 천천히 힘겹게 내가 있는 곳으로 오고 있었다. 내 가슴속에서 나뭇가지가 부러지는 소리가 났다. 그의 모습이 분명했다. 바로 그였다! 나는 두 팔을 벌리고 끝없는 들판으로 뛰어나갔다. 그도 나를 알아보고는 삿갓을 벗어던지고 달려오기 시작했다. 우리는 죽을둥살둥 모르고 달리고 또 달렸다. 우리 사이의 거리는 오 리에서 일 리로, 일 리에서 쉰 걸음으로 줄어들었다. 드디어, 마침내, 어쨌거나, 하여튼 우리는 서로를 얼싸안았다.

"소저, 내가 왔소. 보고 싶었소."

"왜 편지를 안 하셨사옵니까. 삼 년 동안 매일 여기 나와서 기다리고 기다렸사옵나이다."

"거기에는 편지를 가져다줄 인편이 없었소. 소생의 절정한 사모의 염을 전해줄 봉화대도 없었다오. 소생은 삼 년 동안 걸어서 소저에게 온 것이오. 소생이 편지이며 파발꾼이고 봉홧불이오. 그리고 소저의 것이오."

"소녀, 죽어도 어한이 없사옵니다. 이젠 정말 헤어지지 않을 것이옵니다."

"소생도 당장 죽는다 해도 여한이 없소. 이젠 한시도 떨어지지 맙시다."

그래서 우리 두 사람은 끌어안은 채 굶어 죽었다.

3

　내생에 우리는 어떻게 연애를 할까. 그가 지구에서 가장 젊고 멋졌을 때의 모습을 바탕으로 구성한 홀로그램을 앞에 두고 그가 잘 뿌리는 향수에 체취가 합성된 냄새가 은은히 풍겨오는 가운데 그를 향해 사랑한다고 쓸쓸하게 속삭이는 건 아닐까. 그럼 그는 목성에서 중계하는 행성간 통신으로 나의 메시지와 홀로그램을 받고 촉감까지 합성된 새로운 버전의 홀로그램을 보내오겠지. 십 년 동안 해왕성의 다이아몬드 광산에서 일하며 밴 새로운 냄새도 함께.

내가 사랑한 반말족

이 세상에는 '반말족' 이라는 부족이 있다. 이 부족은 태어나면서부터 반말을 하도록 엄격한 훈련을 받는다. 사방이 산으로 둘러싸이고 물레방아가 돌아가는 오지 중의 오지에서 그 훈련을 받은 반말족 아이를 내가 실제로 목격한바, 제 아버지에게 "아부지, 니 밥 먹으란다" 하러 나왔다가 처음 보는 어른에게 눈을 말똥말똥 뜨고 "니 여까지 말라꼬 왔나" 하고 검문까지 했다. 귀엽다고 머리를 살짝 쉬어박았더니 당장 할머니, 어머니, 아버지, 삼촌, 고모까지 골고루 뛰어나와 애 머리 나쁘게 만든다고 이구동성 반말로 야단이 났다. 이 반말족은 전국 각지에 골고루 분포되어 있는데, 내가 비교적 최근에 만난 반말족을 소개해볼까 한다.

요즘 내가 작업실을 지어놓고 이따금 들르는 시골은 밤 아홉시만 되면 온통 캄캄해지고 인적이 드물어진다. 면사무소가 있어 면에서 제일 번화한 곳 역시 노래방 하나와 슈퍼마켓을 제외하면 불빛조차 드물어 쓸쓸한 생각마저 불러일으키는 것이다. 한번은 차를 길가에 세워놓고 쓸쓸함을 위로해줄 맥주 따위를 사려고 길 건너 슈퍼에 들어갔다. 졸린 눈을 한 주인이 한없이 느린 동작으로 비닐봉지에 넣어주는 물건을 들고 나왔더니 차가 없어졌다. 다행히 머잖은 곳에 경찰차의 경광등이 반짝이고 있었다. 건들거리며 순찰차로 가는 사내가 있어서 나는 다급하게 그를 불렀다.

"아저씨! 아저씨!"

사내가 돌아보는데 나오는 말이 대뜸 반말이었다.

"나 말이야?"

나는 그때까지도 그가 반말족 가운데 하나라는 걸 알지 못했다.

"네. 혹시 여기에 세워뒀던 차 못 보셨나요?"

"저기 있잖아."

사내가 손짓하는 곳을 보니 내 차가 원래 있던 자리에서 길 반대편으로 돌려져 있었다. 나는 내가 세워둔 자리를 착각했나 생각하고는 차로 가서 문을 열려고 했다. 그런데 문이 열리지 않았다. 팔짱을 끼고 나를 지켜보던 사내가 천천히 다가왔다.

"이거 당신 차 맞아?"

나는 그런 것 같다고 대답했다. 그러자 그는 느닷없이 언성을 높여 내가 차를 제대로 주차하지 않고 열쇠를 꽂아둔 채 차를 방치했다고 지적했다. 그리곤 한 손에 내 차 열쇠를 꺼내들고는 자신이 아니었다면 이 차는 지체 없이 도난을 당했을 것이며 반드시 범죄에 이용되어 치안질서를 어지럽히게 되었을 것이라고 덧붙였다. 나는 내가 슈퍼에 들어갔다 나온 시간이 오 분 정도밖에 되지 않지만 그 짧은 시간 동안 차문이 열려 있는 것을 확인하고, 그 차가 도난을 당할까 염려하는 한편, 그 차에 올라타 차를 반대 방향으로 돌려세우고 문을 잠근 뒤, 차 주인이 오기까지 기다려준 여러 가지 배려에 대해 감사한다고 정중히 말한 다음 열쇠를 돌려받으려고 했다. 그런데 그는 열쇠를 쉽게 돌려주지 않았다.

"뭐 하는 사람이야? 어디 살어?"

비로소 내게 옛날 경험했던 느낌이 왔다. 앗, 반말족이다! 그러나 나는 신중하게 확인했다.

"저는 그냥 면민입니다. 따라서 이 면에 살지요. 아저씨는 누구시죠? 성함을 여쭤봐도 되겠습니까?"

"왜?"

"제가 갔던 깊은 산속에 살던 사람들과 혹시 한집안이 아닌가 해서 그럽니다. 성함은? 본관은? 고향은?"

"지금 공무집행 중인 경찰한테 장난하는 거야, 뭐야?"

"앗, 경찰이셨나요? 제가 징모를 쓰지 않고 슬리퍼를 신고 있는 경찰을 본 적이 없어서 몰라봤습니다. 그런데 요새 경찰은 근무 중에 반드시 이쑤시개를 물고 시민을 상대하라는 규칙도 새로 정해졌나요?"

그는 눈을 치켜떴다.

"어라. 이거 이제 보니 고맙다는 인사는 안 하고 트집을 잡네?"

"아까 고맙다는 인사는 드렸습니다. 아, 그 인사는 인사가 아닌가요? 무슨 뇌물을 바라시는 건 아닐 거고."

그러자 그는 그렇지 않아도 새우처럼 가는 눈을 한껏 가늘게 뜨더니 내게 면허증을 제시하라고 요구했다. 나는 그에게 먼저 경찰 신분임을 확인시켜달라고 했다. 그는 면허증 내놓으라고 소리를 질렀고 나 역시 고래고래 소리를 질러가며 그가 신분증을 제시하지 않는 한 내 면허증을 보여줄 수는 없다고 말했다. 그는 어이가 없어 하면서 다른 경찰을 불렀는데 그게 바로 내가 바라는 바였다. 우리에게 다가온 근무자는 복장이 완벽했고 무전기를 들고 있었다. 처음부터 존댓말을 하는 그에게 나는 면허증을 내밀었다. 그는 무전기로 내 주민등록번호와 이름을 확인한 뒤 면허증을 돌려주었다.

"이제 보니 나이도 적지 않은 사람이 왜 그렇게 애처럼 딱딱거리고 그러셔. 나하고 동갑이구만."

반말족은 그제야 말투를 조금 바꾸었다. 나중에 알고 보니 그는 나보다 한 살이 어렸다. 겉보기로는 나보다 서너 살은 더 먹은 것처럼 보였지만. 내가 그에게 다 확인했으면 열쇠를 돌려달라고 하자 그는 아쉽다는 듯 열쇠를 돌려주면서 말했다.

"법대로 하면 당신은 딱지를 끊어도 할말이 없어. 내가 다 한동네 사람이라 봐줄라구 그런 건데 그렇게 복장 따지고 반말한다고 따지고 그러는 게 아니지. 차가 있으면 단가. 제대로 간수를 할 줄 알아야지 말이야."

나는 차문을 열고 시동을 건 뒤, 유리창을 내리고 그에게 인사를 했다.

"자, 그럼 계속 열심히 근무해."

그는 뜻밖이라는 듯 나를 바라보았다.

"나도 자네하고 한집안이야. 나중에 종친회에서 보자구."

그가 무슨 말인지 몰라 멍해 있는 사이에 나는 유유히 차를 몰아 작업실로 향했다.

다음날, 나는 우연히 그와 면사무소 앞에서 마주쳤다. 내가 우체국으로 가는 길을 묻자 그는 깍듯이 존댓말로 대답을 했다. 나도 질세라, 도움을 주셔서 대단히 감사하다고 했더니 그는 경례까지 붙였다. 그 뒤로 우리는 몹시 친해졌다.

참고 반말족을 만났을 때의 대응법 : 1) 본인이 반말족인 경우에 함께 반말을 함으로써 한 핏줄임을 확인시킨다. 2) 본인이 반말족이 아닐 경우에는 무조건 큰소리로 상대한다. 반말족의 라이벌 부족으로는 '목청 큰 놈이 이긴다 족'이 있다.

나 돈 없어서 이 짓 하는 거 아냐

　　우리나라에는 전세계적으로도 드문 족속이 드물지
않게 있다. 그 족속의 이름은 '나 돈 없어서 이 짓 하는 거 아냐 족' 이
다. 이들은 집단으로 거주하지 않고 사회 곳곳에 박혀 맹활약을 하고
있어 보통 사람이 그들을 만나는 데 큰 어려움이 없다. 다만 그들이
이마에 자신이 속한 족속의 이름을 붙이고 다니지 않기 때문에 보통
사람과 구별하는 데는 약간의 노력이 필요하다. 약간이다, 아주 약
간. 내가 만났던 그 족속 가운데 한 사람에 대해 소개를 해볼까 한다.
　　고속도로 톨게이트에서 요금을 징수하는 사람이 있었다. 약 사오
십 세쯤 된 여성이었다. 그 톨게이트는 구간에 따라 돈을 받는 것이
아니라 정액제로 900원인가를 징수하는 곳이었는데 내게는 잔돈이
없었다. 나는 지갑에서 만 원짜리를 꺼내 그 요금 징수원에게 주었
다. 지갑에서 돈을 꺼내는 동작이나 오른손에서 왼손으로 돈을 옮기

고 차창을 연 다음 돈을 건네는 데는, 신이 아닌 한 시간이 좀 든다. 그 요금 징수원은 그 시간이 아까웠거나 지겨웠던 모양이다. 돈을 받더니 내게 도로 건넬 듯하면서 "잔돈 없어요?" 하고 말했다. 나는 "없는데요" 하면서 고개를 도리질했는데 그 동작에도 보통 이상의 시간이 들어갔다. 내가 다른 사람에 비해 말을 좀 느리게 하기 때문이다. 그 요금 징수원은 "왜 잔돈을 안 갖고 다녀요?" 하고, 묻는 건지 비난하는 건지 가르치는 건지 모를 말을 했다. 여전히 만 원짜리를 손에 든 채로. 그 만 원짜리를 쳐다보는 순간, 내게서 두려운 마음이 가시고, 그건 내 거니까, 약간의 짜증이 치밀었다. 그래서 나는 "빨리 바꿔주세요. 뒤차가 기다리잖아요" 하고 말했다. 그랬더니 이 요금 징수원은 무슨 위대한 발견이라도 한 사람처럼 "뒤차 걱정하는 사람이 왜 그렇게 느려요. 그리고 뒤에 차 없어요" 하고 잔돈을 세기 시작했다.

나는 그가 느릿하게 잔돈을 계산하는 사이에 생각을 해보았다. 이 아주머니가 나를 가지고 놀고 싶어하는가. 아니면 내게 빠른 동작을 배워서 훌륭한 사회역군이 되라고 충고를 한 것인가. 아니면 심심해서 농담을 하자는 것인가. 또 아니면…… 생각을 해보니 어느 경우도 해당이 되지 않았다. 그는 '나 돈 없어서 이 짓 하는 거 아냐 족'의 일원이었던 것이다. 생각을 하는 데도 시간이 좀 든다. 그래서 나는 그 위대한 족속의 일원에게 그들의 정체에 대해 따지고 들 기회를 놓치고 말았다. 그저 꿀먹은 벙어리처럼 잔돈을 받고 얼굴을 붉으락푸르락하면서 그 자리를 떠날 수밖에 없었다.

그날 나는 곳곳에서 그들 '나 돈 없어서 이 짓 하는 거 아냐' 부족을 만날 수 있었다. 고층건물 주차장 관리하는 수위. 제법 이름난 설렁탕집 주인. 민방위 담당 공무원. 자신이 예쁜 데 관심이 없는 사람에게 서비스할 생각이 없는 커피전문점 종업원. 그날 그들이 자신들의 존재를 알리기 위해 일제히 봉기라도 한 것일까, 내가 일진이 사나웠던가, 아니면 오전에 있었던 일 때문에 예민해져 있어서였을까.

집에 돌아가는 길에 남산의 톨게이트를 지나게 되었다. 오전의 교훈을 떠올린 나는 톨게이트가 나타나자마자 주머니에 손을 넣었다. 지갑 안에 천 원짜리 지폐가 한 장밖에 없어서 주머니마다 손을 집어넣다가 그만 돈을 내기 위해 정차해 있던 앞차를 들이받고 말았다.

그렇다

　　　　강원도 삼척에는 죽서루가 있다. 삼척을 가로지르
는 오십천 강가 층암절벽 높은 곳에 늠연히 자리잡은 죽서루는 예부
터 수많은 문인 묵객을 불러들이는 명소였다. 해선유희지소(海仙遊
戲之所), 곧 바다의 신선이 놀다가는 곳이라는 서액이 붙어 있는 만
큼 오늘날에도 수많은 관광객이 다녀가는 명소임에 틀림이 없다. 특
히 죽서루 안의 화장실은 낡은 대로 깨끗이 관리되고 있다. 그렇다.
그 안에서 도시락을 먹어도 될 정도다.

　오늘도 포항에서, 영주에서, 부산에서, 양평에서 온 관광버스 수십
내가 몰려 서 있다. 버스에서 내린 사람들은 벌써부터 얼굴이 불그레
하고 어깨에 흥이 들어가 있는 것이 버스를 타고 오는 사이사이 계속
퍼마신 것 같다. 여인들은 화장실에 다녀오자마자 마당 한구석에서
군무를 즐기기 시작한다. 음악이 흘러나오는 곳은 휴대용 대형 카세

트 스테레오 라디오. 춤곡은 주로 트로트로 편곡된 차차차, 룸바, 고고, 디스코 등등인데 춤 동작은 전통적인 춤사위에서 지터벅, 블루스, 에어로빅 댄스를 응용한 다채롭고 개성적인 것들이다. 그중에도 유난히 귀를 울리는 소리는 "얼씨구 절씨구 차차차!" 할 때의 후렴 '차차차'다. 사람들은 일제히 손을 공중으로 찌르며 입으로는 차차차를 외친다. 그럴 때는 모두 스무 살이나 서른 살로 돌아간 듯 흥겹다. 그렇다. 그들은 최소한 육십 이상의 노인들이다.

그들의 얼굴은 햇빛 아래에서의 오랜 노동으로 주름이 져 있고 검게 타 있다. 그렇다. 그들이 입고 있는 옷은 새 양복과 새 한복이지만 그들의 손은 오랫동안 땅을 할퀴고 뒤집느라 거칠어졌다. 그들은 춤을 빌려 비틀거리며, 노래를 빌려 허리며 가슴에 국수사리처럼 뭉쳐 있던 응어리를 쏟아놓는다. 응어리진 한을 관동제일경 죽서루의 마당에 낙엽처럼 떨어뜨린다. 그렇다. 관리인이 있지만 모자를 쓰고 호각을 입에 문 채 지켜보고만 있다. 그들이 가고 나면 그들이 남긴 흔적을 쓸어낼 커다란 빗자루도 마당 한구석에 서 있다.

이제 신선들을 찾아볼 때가 되었다. 신선들은 죽서루 누각 마룻바닥에 앉아 소주며 맥주를 마시고 있다. "아아, 여기서 바둑 장기나 두면서 한평생을 보내면 얼마나 좋을까." 한 사람이 세번째 외치고 있다. 그렇다. 그의 나이는 다른 사람에 비해 젊어 보이고 양복은 다른 사람들과는 달리 꽤 낡았다. 그는 네번째로 외친다. "아아, 여기서 장기 바둑이나 두면서 다시 한평생을 산다면 얼마나 행복할 것인가."

그의 청춘도 흘러갔다. 오십천 강물은 시퍼렇게 흐른다. 까마득히 아래로 아래로 천년 만년 흐르고 있다.

난간에는 '위험! 기대지 마시오!' 하는 표지가 붙어 있다. 난간 아래는 까마득한 낭떠러지다.

"한 백 미터 되까."

"백 미터 넘어부러!"

학발(鶴髮)의 두 노인이 낭떠러지에 열중해 있다. 한 사람은 공수부대를 나왔다고 한다. 한 사람은 해병대 출신이라고 한다.

"한 백 미터 넘는가비여?"

"백 미터도 안뒤야!"

두 사람은 취해 있다. 아니 취하고는 배기지 못하리. 관동팔경 죽서루 난간 위.

"여기서 뛰어내릴 수는 없으까잉."

"……"

"뛰어내리모 사까 죽으까."

"……"

"죽을 것 같은디?"

"……"

"내기할 거나, 친구."

"……"

"하장께롱."

"뭐 내기?"

"소주 됫병 하나."

"그란디 누가 뛰내릴 낀고?"

"아함, 마, 열 살만 젊었어도 내 팍 뛸 낀데."

매일 되풀이되는 토론을 마친 그들은 굽이쳐 흐르는 강물을 굽어본다. 그들의 흰 머리카락이 나부낀다. 맞은편 강가에서 오토바이를 씻는 남녀가 보인다. 그렇다.

그렇다. 그렇다. 아득히 흘러가버리는 노래가락처럼 그들도 흘러가버린다. 노세 노세 젊어서 노세. 그렇다. 아아, 그러고 보니 그렇다.

당신 몇 살이야

'잎새에 이는 바람에도 나는 괴로워했다' 라는 말대로 그는 직장에서 호칭 하나하나에도 신경을 써왔다. 계급이 인격의 고하를 가름하는 기준으로도 적용이 되는 세계는 저속하다. 그러나 근본적으로는 그 스스로가 일거에 상류 사회로 진출하기 위한 고시 공부를 한 덕분에 남보다 몇 년 늦게 평범한 직장인이 된 것이 문제였다. 당연히 그의 승진은 같은 연배의 사람보다 늦었고 마흔을 한두 해 앞둔 요즘 고참 대리로서, 노후 연금 보험에도 신경이 쓰이는 그로서는 공연히 나이 어린 상급자나 신입 사원 괴롭히는 일이 없다면 직장 생활을 계속할 재미가 없는 터였다.

그래서 술자리 같은 데서는 부러 김 과장, 박 차장 하는 식으로 막 불러대, 그래도 나이 대접을 해주려는 사람들을 무안하게 만들기 일쑤였다. '님' 자를 붙여 부르는 것이나 붙여주기를 바라는 사람의 마음속에는 반드시 높은 사람 앞에서는 굽실거리고 약한 사람은 괴롭히려는 고약한 노예 근성이 있다는 것이 평소 그의 주장이었던 것이다. 그렇지만 갓 들어온 사원들을 하인배 부르듯이 여봐라, 저봐라 해온 것이나, 같은 대리끼리도 아예 '해라'로 막내동생 취급을 해온 것도 사실이었다.

막 출근해서 자동판매기에서 뽑아온 커피잔의 따뜻한 감촉을 즐기고 있는 그에게 낯선 목소리의 전화가 걸려왔다. 공장에서는 한창 생산라인이 신설되는 중이어서 자재 수급을 맡고 있는 그도 제정신을 차릴 수가 없기는 했다. 열흘 전에 도착해야 할 동력전달축이 아직 수주처에서 선적도 안됐다는 연락을 받고 현장 소장에게 어떻게 말을 할까, 그러지 않아도 고민 중이었다.

"당신이 조 대리요?" 전화는 대뜸 시비조였다.

"누구십니까?"

"나, 건설 현장 김 과장이오."

"그런데요?"

"왜 물건을 안 보내주는 거요?"

"발주처에 사정이 생겨서……"

현장에 새로 온 과장이 있는데 '손을 볼 필요가 있을 정도로' 약간 건방지다는 이야기는 그도 듣고 있었다.

"아니, 무슨 사정이 있길래, 늦으면 늦는다는 연락도 못해요? 그러면서 공사 기일은 맞추라고 하니 우리가 무슨 도깨비 방망이라도 가진 줄 아시오?"

김 과장이라는 자는 거래처와 어떤 사이기에 그렇게 봐주느냐 하
는 식이었다.

아닌밤중에 홍두깨라더니, 그는 은근히 화가 치밀었다. 그러거나
말거나 상대는 자신이 하고 싶은 말은 다 끝냈다는 듯이 부장을 바꿔
달라고 하는 것이었다. 무슨 큰 죄라도 진 듯이 미안해, 미안해를 노
래 가사처럼 연발하며 통화를 끝낸 부장은 그를 불러 어떻게 된 것이
냐고 추궁했고, 그는 또 열이 뻗칠 수밖에 없었다. 겨우 공장의 과장
인 주제에, 감히 본사의 부장까지 을러대는 이 정체 모를 괴한을 길
들일 사람은 자신밖에 없다고 그는 생각했다. 그로서는 드물게 신중
히 계획을 세운 끝에 전화를 걸었다.

"김 과장 좀 부탁합니다."

그는 고의적으로 '님' 자를 뺀 것을 강조하기 위해 '장' 자에 힘을
주었다.

"난데요."

그의 기대대로 상대는 뻣뻣하게 나왔다. 그는 입술에 힘을 주었다.
네가 나면, 나도 나다.

"나, 아까 통화한 조 대립니다. 하나 물어볼 것이 있는데……"

'저' 가 아니고 '나' 이며, '여쭤보는 것' 이 아닌 '물어보는 것' 이었
다. 한국식 언쟁은 처음에는 문제 때문에, 다음에는 호칭 때문에, 마
지막에는 서로의 버릇 없음 때문에 싸우는, 일련의 절차를 밟는다. 결

과적으로 애초 문제가 무엇이었는지는 그리 중요하지 않은 것이다.

"빨리 물어봐요. 바쁜데 귀찮게 하지 말구."

대꾸가 퉁명스러운 걸로 봐서 미끼를 무는 기색이었다.

"물건을 빨리 대라, 빨리 대라 하는데 도대체 하역할 데나 마련해 놓고 하는 소리요? 보내봤자 받지도 못할 거면서 뭘 빨리 해내라고 그래요?"

"아니 이 양반이 아침부터 무슨 헛소리를 하고 있어?"

걸렸구나! 수화기를 쥔 그의 손에 힘이 들어갔다.

"이 양반이라니, 당신 과장이라고 말 함부로 해?"

"뭐, 당신?"

"그래 과장이면 다야! 대리면 그냥 대린 줄 알아? 당신 몇 살이야?"

그는 옆구리를 찔러오는 누군가의 손길을 느꼈지만 그것이 자신보다 나이 어린 과장의 것인 줄만 여겼다.

이놈들아, 아직 대한민국에서는 나이 많은 놈이 왕이란 말이다. 그는 유유히 기다렸다. 상대는 잠시 침묵한 뒤 이렇게 말해왔다.

"나 당신 부장하고 대학 동기야. 나이는 당신 부장한테 물어봐."

글쎄 그게 몇 살이야, 라고 언제부터인지 손가락을 치켜들고 자신을 내려다보고 있는 부장 앞에서 차마 물을 수 없었다.

시간과의 연애

시간을 끔찍하게 좋아하는 사람이 있었다. 불필요하게 낭비되는 시간을 참지 못하는 사람이 있었다. 그는 성실한 공무원이었고 매일 똑같은 시간에 집에서 나와 똑같은 시간만큼 기차역으로 가서 똑같은 시간에 도착하고 출발하는 기차를 타고 똑같은 시간이 경과한 후에 종착역에 도착하면 똑같은 시간을 걸어 자기 책상에 앉아 똑같은 시간 동안 일했다. 어제와 똑같은 시간에 퇴근을 하고 똑같은 시간이면 기차역 앞에 도착해서 똑같은 가게에서 똑같은 분량의 술과 안주를 사서 똑같은 봉지에 담아 들고 똑같은 걸음걸이로 걸어가서 똑같은 기차를 타고 똑같은 시간 동안 밖을 내다보며 하루를 정리한 다음 똑같은 속도로 술을 마시고 안주를 먹고 똑같이 기분이 좋아져서 똑같은 통로를 걸어나와 똑같은 문을 통해 기차에서 내린다. 내일도 마찬가지일 인사를 기차 역무원과 나누고 마찬가지로 꽃이 핀 길을 따라 마찬가지로 '옛날에 금잔디 동산에 메기 같이 앉아서 놀던 곳'까지를 반복해서 작은 소리로 부르며 집으로 향한다. 그의 아내는 결혼한 이후 늘 그래왔듯이 그를 맞으러 나오고 부부는 늘 그래왔듯이 하루 동안 있었던 일을 나직한 목소리로 주고받으며 집 안으로 들어가 저녁 식탁 앞에 마주앉아 식사를 한다. 식사를 마치고 나면 그는 그때부터 잠자기 전까지 혼자가 되어 시간에 대해 명상하기 시작한다.

그는 상당한 시간을 들여 '시간은 돈이다'라는 금언을 생각해냈는데 벤자민 프랭클린이란 미국인이 그 말을 먼저 했다는 걸 알고는 다소간 실망했다. 하지만 곧 '시간은 가장 위대한 의사이다'라는 말을 생각해내곤 회심의 미소를 지었다. 벤자민 디즈레일리가 없었다면 그는 한동안 행복했으리라. '시간은 두 장소 사이의 가장 먼 거리다'라는 말은 그가 집에서 기차역으로 가는 동안 심심풀이로 만들어낸 말인데 테네시 윌리엄스라는 극작가가 한 말도 그와 비슷하다. 그걸 알고 난 다음 그는 홧김에 '시간은 한 순간도 쉼이 없는 움직임이다'(톨스토이)라는 말도 지어냈고 남이 먼저 했거나 말았거나 간에 '시간은 잘 이용하는 사람에게 친절하다'(쇼펜하우어)라는 말을 아들에게 들려주었고 어느 날 생일을 맞은 아내에게 '시간은 야박스러운 술집 주인과 같다. 나가는 손님에게는 가볍게 작별 인사를 하고 들어오는 손님에게는 호들갑스럽게 달려가서 악수를 한다. 반길 때는 웃는 모습이면서 헤어질 때는 언제나 한숨을 쉰다'(셰익스피어)는 말을 적은

카드를 선물했다. 그 카드에는 '시간의 흐름에는 세 가지가 있다. 미래는 주저하면서 다가오고 현실은 화살같이 날아가고 과거는 여전히 정지하고 있다—실러' 라는 경구가 인쇄되어 있었다. 그가 시간에 대해 명상하는 방안의 벽에는 '시간은 지나가면 두 번 다시 오지 않는다. 그것은 매일같이 찾아오긴 하지만 얻기는 어렵고 잃기는 쉽다' 는 사마천의 말이 사마천이라는 이름이 없이 액자에 걸려 있다. 그는 이처럼 시간에 관해 시간을 넘어 석학과 문호와 역사가 및 자신과 잦은 대화를 나누어왔다.

그러던 어느 날 그는 문득 자신이 늙었다는 걸 알게 된다. 그의 주변 사물 역시 어제에 비해, 처음에 비해, 그 생각을 하기 전에 비해 낡았다. 그의 아이들은 다 자랐고 집을 나가 각자의 일을 찾았으며 가정을 꾸몄다. 그가 변함없이 사랑하고 의지하는 아내의 얼굴에도 주름이 생기고 머리칼은 희어졌다. 말투는 느려지고 이따금 이유를 알 수 없는 통증이 몸 구석구석을 찾아오며 옛일을 생각하는 일이 많아졌다. 그때부터 그는 시간에 대해 일생을 바쳐 연구를 할 결심을 하게 됐다. 그의 지식의 일부를 빌려 시간에 대해 알아보자.

인간이 상상해낸 가장 긴 시간 단위 가운데 하나가 겁(劫)인데 1겁은 범천(梵天)의 하루에 해당하며 햇수로 치면 4억3천2백만 년이다. 혹은 인간의 연월일로 헤아릴 수 없는 긴 시간이라는 뜻으로 쓰일 때는 하늘과 땅이 개벽한 이후 그 다음 개벽할 동안이란 뜻이다. 혹은 둘레 40리 되는 성 안에 겨자씨를 가득 채워놓고 하늘에 사는 나이 많은 이로 하여금 3년에 한 알씩 가지고 가도록 하는데 죄다 없어질 때까지의 시간이 1겁이라고도 한다. 혹은 둘레 40리 되는 돌을 하늘에서 내려온 사람이 무게 3수(銖 : 중국 한나라 때의 무게 단위로 1수의 무게는 1.55g)의 옷으로 3년에 한 번씩 스쳐 그 돌이 닳아 없어질 때까지 하는 것을 1소겁이라 하고 둘레 80리 되는 돌을 그렇게 하면 1중겁, 120리 되는 돌을 그렇게 하면 1대겁이라고 한다. 혹은 8만4천 살로부터 백년에 한 살씩 줄어 10살에 이르고 다시 백년에 한 살이 늘어 8만4천 살에 이르는 것을 1소겁이라고 하고, 20소겁을 1중겁, 4중겁을 1대겁이라고 한다. 어디 기왕 살 것 이만큼 살아나 보자.

20겁에 해당하는 성(成) · 주(住) · 괴(壞) · 공(空)의 대겁이라고 해도 실은 가장 작은 시간 단위인 찰나(刹那＝叉拏＝Ksana＝一念＝1/75초)로 이루어지는 것인데 120찰나가 달찰나(怛刹那)를 이루고 60달찰나가 하나의 납박(臘縛)이 되며 납박이 모호율다(牟呼栗多)인데 이것은 곧 수유(須臾)로서 30수유가 1주야(24시간)이다. 그러므로 바닥에 떨어진 찰나라도 눈 씻고 찾아서 닥닥 걷어올려 내 것으로 쓰자. 어느 날 그는 기차 안에서 소주가 든 종이잔을 들고 취한 목소리로 내게 말했다.

"성 형, 내가 한 가지 중요한 발견을 했소. 높은 데 사는 사람이 낮은 데 사는 사람보다 더 많은 시간을 가지게 된다는 것을 알게 됐소."

상대성 이론에 따르면 바닷가에 사는 사람이 가지고 있는 시계의 경과 시간을 t라고 할 때 이 사람에 대해 속도 v로 움직이고 있는 산꼭대기의 관찰자의 시간 경과는 $t' = t\sqrt{1-\frac{v^2}{c^2}}$ (c=300,000km/sec)로 표현할 수 있는데 지구의 자전에 의해 바닷가에 사는 사람은 산꼭대기에 사는 사람에 비해 느린 속도로 움직이는 꼴이 된다. 따라서 수식에 의하여 속도가 빠를수록 속도가 느린 관찰자보다 더 많은 시간을 가지게 되는 것처럼 보인다. 우리 모두 산에 가서 살자. 인생을 백년이라고 칠 때 산에 사는 것이 바다에 사는 것보다 몇 분은 시간을 더 쓸 수 있을 테니까.

혹시 아들이 직업을 무엇으로 할까 고민을 한다면 높은 곳에서 시간을 많이 보내는 비행기 운전을 하라고 하자. 사실 가장 장수를 할 가능성이 높은 직업은 우주 비행사이다. 속도가 광속에 가까워질수록, 지상에서 겨우 지구의 자전 속도에 만족하고 있는 사람에게 이들의 시간은 아주 느리게 진행되는 것처럼 보인다. 우주선에 탄 친구들은, 아직 광속에는 어림없지만, 딴에는 상당한 속도를 자랑한다. 초속 7.9킬로미터(시속 28,000킬로미터)의 속도로 가면 지구 주위를 따라 돌 수 있게 되고, 11.2킬로미터가 되면 지구를 벗어나며, 16.7킬로미터를 넘으면 태양계를 벗어날 수 있는데, 지금 유인 우주선은 지구를 벗어날 수준은 되니까.

나아가 광속에 가까운 속도로 갈 수 있는 우주선을 타게 되면 어떻게 될까. 속도가 커지면 커질수록 그의 시간은 지구에 남은 사람에 비해 느리게 진행하는 것처럼 보일 것이다. 그래서 그가 카시오페이아 자리의 초신성에 다녀오는 데 일 년이 걸렸다고 하면 지구상에서 문명이 사라져버릴지도 모른다. 애써서 다녀왔는데 인간이 멸망하고 바퀴벌레들만이 땅을 덮고 있다면 그는 얼마나 허무해할 것인가. 미칠지도 모른다. 고향의 미루나무와 미리 작별 인사라도 해둘 것을!

"그렇군요. 너무 빠른 우주선은 건강에 해롭겠네요."

그에게 남은 시간은 얼마일까. 그게 궁금하지만 물어보지는 않았다. 그는 자신의 시간을 낭비하게 하는 사람이며 일이며 세상을 싫어하는 건 물론이고 싫어하는 시간마저 아까워한다. 쓸데없는 질문으로 시간을 낭비하는 사람도 싫어한다. 그가 혼자 틀어박혀 시간을 연구한 지 꽤 오래되었다. 그는 공직에서 은퇴하기 전에는 공직과 싸워 시간을 얻었고 아버지로서 아들과 싸워가며 시간을 쟁취했으며 노인으로서 생로병사의 허무와 남은 시간이 얼마 안된다는 강박관념과 싸워 시간을 얻어냈다. 이제 그는 자신에게 남은 모든 시간을, 시간을 아껴 쓰고 연구하는 데에 바친다.

하루살이의 하루는 하루살이의 일생만큼 길고 길다. 한해살이 풀의 한 해는 한해살이 풀의 일생처럼 길고도 험하다. 부디 그의 1나노초(10억분의 1초)가 1대겁 같기를!

변기

어느 공원이더라? 서울 시내에 노인들이 많이 드나
드는 공원이 있습니다. 그 옆에 오래된 기원이 하나 있었습니다. 손
님도 노인이고 주인도 노인이고 아르바이트 하는 사람도 노인이었습
니다. 건물도 꽤 오래됐을걸요, 아마. 건물 주인도 노인일 게 틀림없
었지요. 주변의 길쭉길쭉하고 널찍한 빌딩 사이에 조그맣고 낡았지
만 야무지게 버티고 있는 건물을 보면 세상이 다 변해도 끝까지 자신
을 지키려는 노인의 옹고집이 생각나거든요. 하여간 그 기원은 다른
기원에 비해 이용료가 반밖에 되지 않았습니다. 그 기원 옆에는 낡았
지만 부지런한 노인의 손길이 자주 닿는 듯 깨끗한 화장실이 있었는
데요. 그 안에 들어갔더니 남자용 소변기 위, 벽에 붙은 종이에 이런
말이 적혀 있었습니다. 공들여 기품 있게 쓴 글씨지만 조금 떨리는
것이 노인이 쓴 듯했습니다.

"한걸음만 더 앞으로."

"쉬야 후 물을 꼭 내리셔요."

휴가

국경을 맞대고 있는 두 나라가 있었다. 두 나라는 서로를 나라로 인정하지 않으려고 했다. 원래는 한 나라였기 때문이다. 늘 잡아먹지 못해 으르렁거렸다. 보다못해 다른 나라 사람들이 두 나라 사이에 보이지 않는 선을 그어주고 그 위에 붉은 벽돌집을 지어주었다. 집 안에는 긴 탁자가 있었고 탁자 가운데로 보이지 않는 선이 지나고 있었다. 두 나라의 대표들은 그 선을 밟지 않으려고 조심하면서 탁자 양편에 앉아 이따금 회담을 가졌다.

'선 넘어오지 마.'

'넘어오면 죽일 거야.'

'너희나 잘해.'

그게 수십 년 간 변함없는 회담의 주제였다. 그 집 안에서는 개미 한 마리도 그 선을 넘어가지 못했다.

두 나라의 아이들은 보이지 않는 선에 대해 배우자마자 그 선을 흉내내서 자기들끼리 선을 만들었다. 우리 학교로 오지 마. 우리 집에 오지 마. 내 자리에 넘어 들어오지 마. 하다못해 두 사람이 함께 쓰는 책상에까지 칼로 깊숙이 줄을 긋고 그 줄을 넘어오는 것은 무엇이든 무자비하게 공격했다. 그렇게 배우고 익힌 아이들이 장차 보이지 않는 선을 지키는 군인이 되고 회담의 대표가 될 것이었다.

보이지 않는 선에 세워진 집 바로 뒤에는 두 나라의 깃발이 펄럭였다. 깃발은 해가 뜨면 깃대에 게양되었고 해가 저물면 내려졌다. 그때마다 두 나라의 장군과 병사들은 깃발을 향해 엄숙히 경례를 했다. 어쩌다 장군끼리 눈이 마주치기도 했지만 인사 같은 건 하지 않았다. 각자의 나라를 향해 싹 돌아섰다. 그렇게 아무 일도 없이 세월이 흘러갔다. 수십 년 동안 변함이 없었다.

사람들, 몸은 탄력이 있고 움직이고 숨을 수 있으니 어쩌면 세월의 화살을 살살 피하고 견딜 수는 있겠다. 깃대는 딱딱하고 발이 없어 움직일 수 없고 숨을 생각을 할 수도 없으니 세월을 무한정 견딜 수 없다. 어느 날 동쪽 나라의 깃대 끝에 달린 깃봉 바로 아랫부분이 세월과 바람을 견디지 못하고 부러졌다. 동쪽 나라 병사 하나가 그 깃대를 타고 올라갔다. 그러고 나서 무엇에 홀렸는지 딴전을 피우면서 일을 했는지는 몰라도 그 전보다 약간 높게 새 깃봉을 달았다. 따라서 서쪽 나라 깃대보다 동쪽 나라 깃대가 조금 높아지게 되었다. 그리하여 다음날 아침 동쪽 나라의 푸른 깃발이 서쪽 나라의 흰 깃발보다 높아지게 되었다.

서쪽 나라 장군은 다음날 제 나라 깃발을 향해 경례를 하다가 동쪽 나라 깃발이 전날보다 아주 약간 높아진 것을 발견했다. 그는 원래 눈썰미 있고 지기 싫어하는 사람으로 소문이 나 있었다. 장군은 즉각 참모를 불러 대책을 강구하라고 명령했다. 참모는 생각 끝에 놀던 병사 하나를 깃대 위로 올려보냈다. 병사는 실수인 척 멀쩡한 깃봉을 부러뜨리고 내려왔고 또 다른 병사가 잽싸게 목이 조금 긴 새 깃봉을 가지고 올라가서 달았다. 그는 무슨 생각을 했는지 동쪽 나라의 깃봉 만큼만 높인 게 아니고 그것보다 약간 더 높게 깃봉을 달았다. 그래서 서쪽 나라의 깃발이 동쪽 나라의 깃발보다 아주 약간 높아지는 상황이 되었다.

며칠 후 동쪽 나라의 장군이 서쪽 나라의 깃발을 향해 침을 뱉다가 문득 상대방 나라의 깃발 높이가 달라진 걸 알게 되었다. 그 장군은 눈치 없고 막무가내인 성격으로 유명한 사람이었다. 그는 참모의 정강이뼈를 발로 차면서 대책을 강구하라고 호통을 쳤다. 참모는 양지바른 곳에 모여 담배를 피우던 병사들 가운데 제일 마른 병사를 골라 깃대 위로 올라가게 했다. 병사는 손바닥에 침을 탁탁 뱉으며 휘청거리는 깃대를 타고 올라갔다. 원래의 깃봉을 떼낸 다음 기다란 쇠꼬챙이를 연결하고 그 위에 깃봉을 달았다. 그 병사는 포상 휴가를 갈 뻔했다. 그로부터 하루도 지나지 않아 그보다 조금 더 마르고 날렵한 서쪽 나라의 병사가 자기 나라의 깃대를 기어올라가지 않았더라면.

그러나 서쪽 나라의 병사 역시 영웅 칭호를 받기 직전에 자신보다 더 마르고 사지가 기다란 동쪽 나라의 병사가 깃대를 기어올라가 자기 나라의 깃발보다 더 높이 제 나라 깃발을 다는 것을 보아야 했다.

그로부터 하루가 멀다 하고 병사들이 두 나라의 깃대를 오르내렸다. 깃대가 점점 높아지면서 금방이라도 부러질 듯 휘청거렸고 기어오르다 미끄러지고 떨어져 다치는 병사가 늘어났다.

"사다리를 써야 합니다, 각하."

"저쪽에서 쓰기 전에는 안돼!"

"무동 작전이라도 써야 합니다."

"저쪽에서 하기 전에는 안된다니까!"

기나긴 하루가 저물고 나서 장군들은 각자의 사령부로 보고를 올렸다. 보고서의 결론은 약속이나 한 듯 똑같았다. '보이지 않는 전쟁임. 지원 바람. 보이지 않는 전쟁임. 긴급 지원 요망.'

두 나라의 사령부에서 긴급 회의가 열렸다. 장군들은 각자의 병사 중에서 가장 나무를 잘 타고 겁이 없는 병사를 선발해서 보이지 않는 선이 지나는 집 앞으로 실어보냈다. 벽돌집 주변은 원숭이를 닮고 빼빼 마른 병사들이 우글거렸다. 병사들은 몸무게를 줄이기 위해 굶으라는 명령을 받았다. 배고픔은 충성심과 애국심, '하면 된다'는 신념으로 참아야 했다. 깃대는 점점 높아졌다.

마침내 거미를 닮은 동쪽 나라의 병사 하나가 깃대를 높이던 작업을 하던 중에 떨어져 죽고 말았다. 다만 그는 죽기 전에 임무를 완수

했다. 동쪽 깃대는 인간의 힘으로는 도저히 더 이상 높일 수 없는 드높은 위치까지 솟아올랐던 것이다.

서쪽 나라 사령부에서는 격렬한 논쟁이 벌어졌다. 어떤 장군은 밤에 동쪽 나라로 넘어 들어가 깃대를 폭파해버리자는 의견을 내놓았다. 아니, 땅굴을 파고들어가 살짝 자빠뜨리자는 의견도 있었다. 그렇지만 그건 보이지 않는 선을 넘어야 가능한 일인데 그 선을 넘는 건 협정 위반일 뿐만 아니라 수치스러운 일이었다. 어떤 장군은 원숭이를 들여와야 한다고 했다. 어떤 장군은 자기 동생이 동물원에 근무하고 있는데 깃대를 높이는 훈련을 받은 원숭이는 전세계의 어느 동물원에도 없다고 단언했다. 어느 장군은 어차피 이길 수 없는 시합이니 우리 쪽 깃대를 없애버리자고 했다가 모두의 눈총을 받았다. 그가 다음 진급 심사에서 불이익을 받을 것은 뻔한 일이었다. 괴롭고 절망적인 시간이 일 초 일 초 흘러갔다. 공병대의 장성이 탁자를 치면서 일어나 기중기를 쓰자고 말했다. 공군의 장성은 헬리콥터를 동원하자고 외쳤다. 진직이 소방대원이었던 어느 장성은 고가 사다리차가 낫다고 중얼거렸다. 깃대 하나 높이자고 중장비를 동원하는 게 알려지면 적국은 물론이고 세계 만방에 웃음거리가 될 것이라고 참모총장은 고개를 저었다. 장군은 장군대로, 참모는 참모대로, 병사는 병사대로, 보이지 않는 전쟁의 기밀을 알게 된 장관과 대통령과 기타 등등의 애국자들은 그들 나름대로 머리를 쥐어짜고 쥐어짰다.

그래서 애초에 깃봉을 원래보다 높게 달아서 문제를 일으켰던 일

등병이 휴가를 가게 된 것이다. 그가 제시한 방법은 다음과 같다.

1) 깃대의 아래쪽을 톱으로 자른다

2) 깃대를 눕힌다

3) 원하는 만큼 깃대를 길게 만든다

4) 깃봉을 단다

5) 깃대를 세워서 자른 부분에 연결한다

6) 깃발을 올린다

모든 사람이 입을 딱 벌렸다. 그리고 외쳤다.

"만세!"

그는 훈창에 포상 휴가를 받아서 여름에서 겨울까지 신나게 놀다 가 귀대했다. 돌아가 보니 양쪽 깃대는 원래처럼 적당한 높이로 줄어 들어 있었다. 깃대 쪽으로 눈길을 주는 사람조차 없었다고 한다.

감시

어느 화장실에 갔다가 다채로운 낙서가 적힌 벽과 직면하게 되었다. 낙서에는 간단한 인생론에서 농담도 있었지만 대부분은 성적 체험을 묘사한 낙서, 그 낙서의 비윤리성을 비난하는 욕설, 그 욕설에 대한 반론, 반론에 대한 비평이 주류를 이루고 있었다. 그런 가운데, 정말 벽의 한가운데에 갖가지 낙서를 압도할 만한 큰 글씨에, 당당하게 잘 쓴 필체로 된 화장실 주인의 낙서가 붙어 있었다.

경고

낙서 금지

감시 카메라 작동 중!

주인 백

대식(大食)

내가 직접 목격한 대식(大食)의 기록은 함께 자취를 하는 고등학생들이 작성한 것이었다. 내가 그 자취방에 들렀을 때, 그들은 마침 식사를 준비하고 있었다. 한 사람은 부지런히 라면 봉지를 뜯어서 수프와 면을 분리해놓고 있었고 한 사람은 파를 다듬고 달걀을 깨뜨려 휘저었다. 그들이 쓰는 솥은 칠인용 전기밥솥이었다. 사방 벽에는 라면 상자가 천장까지 쌓아올려져 있었는데 반은 비어 있었고 반은 차 있었다. 라면 상자 때문에 책상이나 옷장을 놓을 만한 공간도 없었고 교과서며 일상 도구, 옷은 라면 상자 안에 들어 있었다. 라면 상자가 그들의 식탁이었고 조리대였고 설거지를 한 다음 남은 쓰레기를 버리는 쓰레기통이었다. 국물까지 하나 남김없이 마셔버리기 때문에 설거지라는 게 솥에 남은 기름기를 제거하는 것 정도

144

로 간단했다. 그 기름기는 두루마리 화장지로 닦아서 라면 상자 안에 버리면 그만이었다. 그나마 기름기를 닦아낼 짬이 별로 없을 정도로 식사가 끊임없이 이어지고 이어졌다.

그들에게 필요한 게 무엇이냐고 묻자 그들 중 하나가 이렇게 말했다.

"커다란 함지가 있었으면 좋겠어. 솥이 하나밖에 없어서 한 사람이 솥을 안고 먹고 있으면 그 동안 다른 사람이 기다려야 하거든. 순서 때문에 가끔 싸우기도 해. 그게 불편하고 싫어."

"그럼 한 사람이 한꺼번에 라면 아홉 개를 먹는단 말이니?"

"응. 엄마가 더 큰 솥은 안된다고 하더라. 다른 솥을 하나 더 샀으면 좋겠는데 그러면 라면 값 때문에 등록금을 못 낼지도 모른다고 말리더라구."

이 중 한 사람은 생애 최고 기록으로 한 끼에 열일곱 개의 라면을 먹었다고 한다. 대학에서의 축제일이었는데 같은 과 학생들이 축구 시합에 지고 모두 그냥 가버렸던 터라 미리 주문해놓은 라면을 혼자 다 먹을 수밖에 없었다. 국물은 빼고.

2

내가 직접 겪어보지는 못하고 이야기로만 들은 대식가 역시 고등학생이다. 앞서 말한 고등학생들과는 달리 이 고등학생에게는 많이 먹을 분명한 이유가 있었다. 씨름 명문으로 이름난 고등학교의 촉망받는 씨름 선수이기 때문이다. 그의 몸무게는 평범한

고등학생의 두 배가 넘는다. 그러니 먹는 것도 두 배 이상이어야 마
땅하다.

씨름 선수의 아버지는 지방의 말단 공무원으로 삶의 희망이라는
게 아들이 천하장사가 되어 제 덩치만한 금송아지를 끌고 집 안으로
들어오는 것이다. 하지만 그의 박봉으로는 도저히 아들의 식대를 댈
수가 없어 그의 희망은 희망으로 그칠 가능성이 많았다. 그 때문에
그는 남보다 먼저 머리가 세었고 늘 우울한 표정인데다 한숨을 쉬는
게 버릇이 되었다. 그의 사정을 알게 된 동료 직원들이 그를 돕자, 씨
름 선수를 같이 키워보자고 의견을 모았다. 그리하여 그의 동료 직원
들은 각자 한 달에 한 번씩 돌아가며 씨름 선수에게 저녁을 사주기로
했다. 첫번째 순서가 된 사람이 내게 이야기를 해준 사람이다.

그가 씨름 선수 부자를 만난 곳은 읍에서 제일 큰 불고기집이었다.
아들 때문인지 비쩍 마른 아버지는 자리에 앉자마자 조그만 소리로
가까운 돼지갈비집으로 가는 게 어떻겠느냐고 조심스럽게 제안했다.
그는 먹는 것 때문에 고민 많은 동료를 돕자고 나온 것, 이미 단단히
각오를 했다고 큰소리를 쳤고 불고기 10인분을 주문했다. 아버지는
젓가락을 들었다 말았다 하며 제대로 먹지도 못했고 그는 씨름 선수
가 보여주는 엄청난 먹성에 질려 1인분을 먹었나 말았나 했다. 그러
니까 나머지는 씨름 선수 혼자서 다 먹었다는 것이다. 눈 돌리는 법
도 없고 입 한 번 떼지 않고 고개를 드는 법도 없이. 씨름 선수의 아
버지는 시간이 갈수록 점점 더 불안해했다. 그는 그 아버지를 위로하

면서 다시 10인분을 더 주문했다.

"어때? 충분해?"

새로 가져온 불고기를 다 먹고 난 씨름 선수에게 그가 물었다. 씨름 선수는 다 먹고 난 뒤에 고개를 숙이고 손끝으로는 바닥에 떨어진 물을 문지르고 있었다. 그의 아버지는 덥지도 않은데 자꾸 땀을 흘렸다. 아직 모자란 모양이라고 판단한 그는 자리를 옮기자고 했다. 밖에 나와서 돼지갈비 간판을 찾아 두리번거리는 그에게 아버지가 말했다.

"처음부터 돼지갈비집으로 갔으면 이런 일이 없을걸. 미안해서 어쩌지……"

"아니, 이제 겨우 시작인데 뭘 그러십니까. 오늘 저녁은 제가 책임진다니까요. 하긴 돼지고기라고 해서 영양이 떨어지는 것도 아니고 연한 건 참 맛있습디다."

부자는 그가 이끄는 대로 돼지갈비집에 발을 들여놓았다. 씨름 선수는 여전히 묵묵부답 말이 없었고 아버지는 조금 시름을 던 듯했다. 그는 이번엔 먹고 싶은 만큼 시키라고 큰소리를 쳤다. 하지만 지갑 사정이 은근히 걱정되기 시작했다. 씨름 선수는 아버지의 눈치를 보며 뭐라고 중얼거렸다.

"뭐랍니까."

"미안해서 많이 못 먹겠다는군. 나보고 주문하래."

"하시죠, 뭐."

"그럴까. 이거 미안해서……"

아버지는 종업원에게 15인분의 돼지갈비를 한꺼번에 가져다달라고 주문했다. 왔다갔다하게 하는 것도 미안하다면서. 이번에는 그도 젓가락을 들지 않았다. 그저 김칫국물을 조금 마셨다. 씨름 선수는 엄청나게 빠른 솜씨로 고기가 구워지기 무섭게 서너 장의 상추를 솥뚜껑만한 손바닥에 올려놓고 한꺼번에 열 점 이상의 고기를 들어올린 다음 한 입에 그 모두를 쓸어넣었다. 입 속에 든 내용물을 씹고 삼키면서 한 손은 이미 새로운 상추를 펴고 있었다. 그 무시무시한 식사가 끝나자 씨름 선수는 비로소 포만감을 느낀 듯했다. 그도 주머니 사정과 체면이 모순을 일으키지 않은 것에 대해 안도했다. 그때 종업원이 다가왔다. 덤으로 냉면, 밥이 있는데 무엇을 먹겠느냐고 물었다. 그는 냉면을 주문했다. 그때 씨름 선수가 아버지를 향해 또 조그만 소리로 중얼거렸다.

"뭐랍니까."

아버지는 간신히 입을 떼어 아들의 말을 옮겼다.

"밥을 먹으면 안되느냐구……"

"아, 먹어야지, 먹어. 많이 먹어. 먹는 게 살이 되고 피가 되는 거야. 그래, 뭐 먹을래?"

씨름 선수가 수줍게 고개를 들더니 그에게 물었다.

"비빔밥 먹어도 돼요?"

"그럼. 여보세요, 여기 비빔밥을 특별하게 많이 갖다주세요."

아버지는 아예 천장을 쳐다보며 한숨을 후후 불어내고 있었다. 씨름 선수는 아버지를 쳐다보다가 아버지가 전혀 도움을 주지 않자 할 수 없이 제 입으로 원하는 것을 말했다.

"저어, 그런데요, 두 그릇요."

그가 입을 벌리고 있는 사이 비빔밥 두 그릇이 날라져 왔다. 씨름 선수는 씨름판에서 상대를 메다꽂듯이 비빔밥 그릇을 들어 다른 그 릇에 엎었다. 그 다음 두 그릇분의 밥을 한꺼번에 비벼 삽시간에 해 치웠다. 그는 자신 앞에 놓인 냉면은 먹을 생각도 하지 못하고 씨름 선수가 밥을 다 먹을 때까지 멍하니 앉아 있었다. 다 먹고 나서 씨름 선수는 콧등의 땀을 닦으며 말했다.

"아빠, 내일도 저녁 약속 있어?"

3

이번에는 환상 속의 대식가 이야기다. 한 사람이 아 니고 가족이다. 앞서의 부자처럼 여기에 등장하는 대식가 역시 부자 인데 앞서의 부자와는 달리 두 사람 다 대식가다. 그의 부인이 이렇 게 말하는 것을 들었다.

"제 친정 식구들은 전부 빼빼 말랐거든요. 친정 부모님은 원래 조 금씩 드셔요. 형제들도 부모님을 닮아서 밥상머리에서 깨작거리는 게 버릇이구요. 결혼하기 전 그이를 만났을 때 시원시원하게 가리지 않고 잘 먹는 게 그렇게 보기 좋을 수가 없었어요. 신혼여행을 갔을 때, 좀 많이 먹는다 싶었어요. 그 뒤로는 많이 먹는 걸 알았지만 그때는 이미 할 수 없는 일이었지요. 우리 집 수입은 거의 전부 다 밥값에 들어가요. 그런다고 잘 먹는 것도 아니예요. 반찬이라고 해야 김치 정도인데 그것도 많이 들어서 보통 때는 밥도 반찬도 다 밥이예요…… 친정에서 농사를 짓는데 신혼 때는 쌀을 얻어다 먹었어요. 친정 식구가 여덟 명이다가 제가 결혼해서 일곱으로 줄었거든요. 친정 식구들 한 달 먹는 쌀을 신혼 부부 두 사람이 열흘이면 다 먹어요. 얻어오는 것도 나중에 눈치가 보여서 도저히 안되겠더라고요. 그때부턴 그이 월급 받는 게 거의 전부 쌀 사는 데 들어갔죠. 웬만한 거리는 다 걸어다니고 옷은 꿰매고 꿰매서 바늘 들어갈 자리도 없이 된 옷이 많아요. 결혼 이후 처음으로 택시를 타본 게 우리 애 낳으러 병원 갈 때였어요. 그런데 그 애가 자라니까 또 무섭게 먹기 시작하더라고요. 밥 많이 먹는 것도 유전인가 봐요. 젖 떼고 세 살 때 먹던 밥그릇이 어른 밥그릇만했어요. 일곱 살이 되니까 아빠 반을 먹더라고요. 할 수 없이 제가 취직을 했어요. 애는 누가 보느냐구요? 걔는 밥만 있으면 돼요. 나갈 때 밥을 한 솥 해놓고 가면 혼자서도 잘 놀아요. 파출부를 하다가 도저히 안되어서 식당에 취직을 했어요. 남는 밥이나 반찬을 얻어가면 혹시 보탬이 되지 않을까 해서요. 그것도 잠깐이었어요. 요새는 주인이 자꾸 눈치를 줘요. 남는 밥은 개나 돼지밖에 더 먹겠어요. 우리가 개나 돼지처럼 보일까봐 밥을 많이 가져오지도 못해요. 지금 우리가 사는 건 인간 이하예요. 밥이 뭔데 사람을 이렇게 망치는지 알다가도 모르겠어요. 앞으로는 또 어떻게 될지…… 아빠가 덩치가 크냐구요? 아니오, 그냥 보통 사람보다 조금 큰 정도예요. 애는 딴 애들보다 좀 커요. 저는 보시다시피 말랐죠. 저요? 저도 갓 결혼했을 때보다는 많이 먹어요. 네. 한 끼에 다섯 공기는 먹어요. 왜 그렇게 되었냐고요? 모르겠어요. 정말 모르겠어요……"

소원

　　나는 골프를 모른다. 하지만 그게 얼마나 사람을 미치게 만드는 건지는 안다. 거기에 미친 사람도 알고 있다. 그는 이미 나이가 일흔이 넘었다. 그의 아들이 내 친구 처남의 동창이다. 나는 그의 아들을 내 친구 처남의 사무실에서 만났다. 서울 남대문 뒷골목 허름한 6층 건물에 들어 있는 그 사무실은 낡을 대로 낡은데다 집기 하나도 성한 게 없었다. 내 친구의 처남은 내 친구가 나를 소개하자 그 건물 주변에 어슬렁거리던 늙은 개처럼 입이 찢어져라 하품을 하고 나서 내게 명함을 하나 건네주었다. 그 명함에는 그 사무실이 대륙상사 겸 대륙개발 겸 대륙컨설팅 회사의 본사라는 것, 주소가 남대문로라는, 대한민국에서 요지 중의 요지라 할 만한 곳에 있다는 것, 그리고 명함 주인이 대표이사 회장이라는 것 등등이 표시되어 있었다. 상사와 개발, 컨설팅을 겸하려면 사무실이 그 정도 가지고 될까.

대표이사라면 이사들을 대표한다는 뜻이니 다른 이사도 있다는 이야기인데 이사커녕 심부름하는 여직원도 보이지 않았다. 하긴 중요한 건 그런 게 아니다.

"이렇게 비싼 땅에 왜 이런 허름한 건물을 그냥 놔둘까. 고층으로 새로 지어서 임대하면 지금보다 세가 열 배는 더 나오겠다."

내 친구가 그렇게 말하자 그는 그러잖아도 심심했던지, 그에 대해 설명을 해주었다.

그 건물의 주인은 일흔이 넘는 노인이다. 그는 그 건물뿐만 아니라 시내 요지에 다른 건물도 여러 채 가지고 있고 서울 변두리 택지 개발 예정지에 어마어마한 땅을 소유하고 있다. 그의 부인은 환갑이 훨씬 넘었는데 몇 년 전부터 교회에 다니기 시작했다. 마지막으로 교회에 나갔을 때 부인은 십일조라는 명목으로 연간 총수입의 만분의 일쯤에 해당하는 돈을 헌금했다. 그리고 그 다음날 부인은 병원에 입원했다. 왜?

남편에게 맞아서 그랬다는 것이다. 어디서 허락도 없이 헌금을 하느냐고 남편이 소리를 질렀는데 그 말을 듣고 부인이 대꾸를 한 게 문제가 되었다. 콩나물 한 봉지, 두부 한 모 살 때도 허락을 받아야 하는 천하에 없는 노랑이에다 독재자인 남편을 모시고 사느라 평생을 보냈으면, 그깟 이삼십만 원쯤 허락 없이 쓴다고 뭐가 그렇게 욕을 할 일인가, 내 마음대로 딱 백만 원만 써보고 죽는 게 소원인데, 하고 중얼거렸다는 것이다. 그러자 남편이 골프채를 들고 달려나와 아내를 두들겨 패서 입원을 하게 만들었다고 한다. 그래서 치료비가 부인의 헌금보다 훨씬 더 들게 되는 불의의 사태가 발생했는데, 그때 그는 이런 말을 남겼다고 한다.

"내가 하고 싶은 대로 하고 돈 드는 건 내가 참지만, 내가 하고 싶지 않은 일에 돈 들어가는 건 못 참는다."

그의 아들은 허다한 그의 부동산 가운데 시내에 있는 빌딩을 관리하는 직업을 가지고 있는데 그 관리라는 게 때 되면 월세를 받아내는 게 전부다. 거기까지 이야기가 진행되었는데 아들이라는 당사자가 불쑥 나타났다. 말쑥한 검정색 양복을 입고 서류 가방을 든 그는 들어오자마자 인사를 나누기도 전에 의자에 털썩 앉았다.

"아이구, 날은 더운데 이 짓도 못해먹겠구만. 에어컨 어디 갔어?"

"지난번 사무실 오픈할 때 달았던 거? 진동에 건물 무너질까봐 하루 만에 떼버렸잖아."

"요샌 워낙 불경기라서 그런지 도대체 제 날짜에 월세 내놓는 사람이 없네. 이러다가 또 아버님에게 조인트 까지지는 않을지 모르겠어."

처음 보는 사람 앞에서 치부라 할 만한 일을 거침없이 털어놓는 걸 보면 아닌 게 아니라 아버지에게 골프채로 맞을 만한 일을 저지를 속 없는 사람 같기도 했다. 그는 내 명함을 건네받고는 그 명함으로 부채질을 하면서 말했다.

"난 세상에 명함 있는 사람이 제일 부럽더라. 나도 명함 한번 가져

봤으면 소원이 없겠어."

"아니, 한 달에 수억씩 수금을 하는 분이 명함도 하나 없으십니까?"

"허허, 나도 얼마 전에 명함을 박은 적이 있었지요. 이 친구 꼬임에 빠져서 그만. 그러다가 아버님께 골프채로 마빡이 까질 뻔한 거지."

그 사연은 이렇다. 건물이 하도 오래 전에 지은 것이라 수리비도 만만치 않고 수금액도 적으니 새로 건물을 짓자는 사람이 나타났다. 건물을 새로 지으면 거기서 나오는 보증금만으로도 충분히 건축비를 충당할 수 있고 월세 수입은 몇 배는 더 될 것이었다. 누가 계산해도 같은 결과가 나올 것이다. 하지만 그의 아들이 그 제안을 받아들인 건, 자신도 무슨 개발, 무슨 상사라는 회사의 명함을 박을 수 있겠다는 이유 때문이었다. 그게 그의 소원이었던 것이다. 그런데 명함을 박은 지 이틀 만에 들통이 났다. 노인은 대뜸 문제의 골프채를 꺼내와 아들의 눈앞에서 흔들어 보이며 이렇게 외쳤다고 한다.

"이 자식아, 어디다 대고 네 주제에 사업을 벌여, 벌이길. 이 따위로 나오면 내가 당장 죽어도 너는 일원 한푼 못 만질 줄 알어. 쥐뿔도 없는 게 속에 바람만 들어가지고…… 무너져도 내 빌딩 무너지는 거야. 네가 그 빌딩에 손가락만 건드려도 곧장 국가에 헌납할 거니까 그렇게 알고 있어."

그 이야기 끝에 그는 한숨을 쉬며 자신의 친구, 그러니까 내 친구의 처남에게 물었다.

"어이, 지난번 그 명함 남은 거 있나?"

친구의 처남은 책상 서랍을 부스럭거리더니 기념으로 한 장 남겨 두었다며 명함을 내밀었다. 받아드니 거기에는 대륙상사, 대륙개발, 대륙컨설팅이라는 회사 이름, 남대문로라는 주소, 그리고 이사 아무 개라는 이름이 적혀 있었다. 그러니까 그는 명함을 가지고 싶다는 소원을 풀려고 무상으로 친구에게 사무실을 임대해준 것이었다. 그것도 그의 아버지가 알면 법석이 날 일이겠지만.

나는 골프를 모른다. 하지만 골프에 미친 사람은 알고 있다. 어느날 버스를 타고 가다 한 노인을 만났다. 나는 낚시를 가는 중이어서 낚시 가방을 들고 있었다. 그 노인 역시 낚시 가방 같은 걸 들고 있어서 말을 걸었다. 그러나 그 가방 안에 든 건 골프채였다. 그 순간 나는 그 노인이 친구 처남 친구의 아버지임을 직감했다. 그는 내가 알기로는 시외버스를 타고 골프를 치러 가는, 대한민국에서 유일무이한 사람이다.

"어떻게 하면 싱글을 칠 수 있을까. 그것만 할 수 있으면 당장 죽어도 소원이 없겠소."

각자 가방을 메고 헤어질 무렵, 그는 내게 이렇게 말했다.

아르카디아의 게

벨기에령 아르카디아 섬에는 특산의 민물 게가 살고 있다. 아르카디아 게로 불리는 이 게는 대략 사천만 년 전에 생겨나서 이제까지 대를 이어 살아온 것으로 보이는데 원주민들에 의하면 이 섬에서 이 게처럼 쓸데없는 존재도 없다고 한다. 이 게는 잡기에 귀찮을 정도로 작고 잡는다 해도 뱃전에 부걱부걱 냄새나는 거품을 바르며 그물코를 망가뜨리거나 어부의 발바닥을 찢고 긁는 게 일이다. 구우면 한 마리에 겨우 손톱만한 쓴맛 나는 살을 발겨낼 수 있을 뿐으로 아무도 잡으려는 사람이 없다. 이런 게를 좋아하는 물고기는 물론이고 천적도 있을 수가 없어서 이 게가 그렇게 오래도록 살아남을 수 있게 된 것이 아니냐고도 한다.

아르카디아 게는 천성적으로 적게 먹고 적게 배설하며 적게 움직인다. 일생에 단 한 번 번식기를 맞는데 몸짓이나 색깔의 변화도 거의 없이 조용히 수정을 끝낸다. 가끔 암수가 서로를 찾을 수 없을 정도로 환경이 악화되면 무성 생식을 하는 것도 관찰되고 있다. 수정이 끝나면 조개나 물고기가 파놓은 구덩이로 가서 산란을 하고 알이 깰 때까지 아무것도 먹지 않고 그곳을 지킨다. 게가 있는 줄 알면서도 그 구덩이로 들어가려는 물고기며 조개는 없다. 칼날보다도 강하고 창보다 날카로운 집게발이 두려운 까닭이다. 이처럼 생존과 번식에 완벽한 조건을 갖추고 있는 게지만 아르카디아 섬의 지배적인 종족이 되지 못하는 데는 이유가 있는 것 같다.

섬의 동쪽에서 태어나 살고 죽은 어느 현자가 아르카디아의 게에 관하여 '독존, 독거하며 쓸모가 없으므로 손익과 풍파를 떠나 오래오래 산다'고 조개 껍질에 기록했다. 서쪽에서 태어나 살고 있는 역사가의 말에 따르면 그 현자가 쓸데없이 오래 산 저의 삶을 그렇게 비유하여 미화한 것에 불과할 뿐, 게와는 관련이 없다고 한다. 혹은 그 현자는 게의 삶만 보았지 죽음은 보지 못한 것이라고도 비판한다.

자연이 아르카디아의 생명체에게 준 어떤 갑옷보다 단단한 게의 갑각은 어떤 존재의 공격도 두려워할 필요도 없다. 또한 마찬가지 재료로 만들어진 집게발은 어떤 종류의 껍질이라도 무자비하게 뚫고 자를 수 있다. 그리하여 역사가는 기록했다.

'아르카디아 게는 오직 아르카디아 게에 의해 죽는 것이다. 만나는 순간 서로가 서로에게 갑옷과 집게발을 부딪쳐 치명적인 상처를 입히고 입는다. 자연이 베푸는 은혜에는 이처럼 잔인한 칼날이 숨어 있다.'

재미나는 인생 3
— 폭력에 관하여

나는 행운아다. 이제까지 누구에게도 맞지 않았다. 나는 행운아다. 이 폭력이 난무하는 나라에서 한 대도 맞지 않고 살아왔다니. 아니, 한 번은 맞은 적이 있다. 그러니까 행운아다. 한 번밖에 맞지 않았다. 교내 폭력, 학교 주변 폭력, 폭력 서클, 폭력배, 언어 폭력, 폭력 단체, 비폭력 무저항 등등등 갖가지 폭력이 판을 치는 나라에서 단 한 번밖에 맞지 않은 나는 행운아다.

중학교 때였다. 나는 시골에서 서울로, 서울의 변두리, 사람이 지독히 많이 살고 그 사람 수에 곱하기 2를 하면 대략 수가 나오는 주먹이 설치는 주먹 나라로 전학을 왔다. 전학 오기 전의 나라, 그러니까 요즘 말로 초등학교로 고친 국민학교 시절 내가 살던 곳은 양과 사자가 함께 노는 나라였다. 그 나라에서는 폭력을 쓰면 그 자리에서 맞아 죽었다. 먹고 살기 위해 폭력을 쓴다는 말은 아예 없었다. 먹고 살기 힘들면 굶어 죽으면 되지. 그 나라에서 이사를 온 건 내 뜻이 아니었다. 하느님의 뜻도 아니었을 것이다. 나를 시험에 들게 하기 위해 일부러 주먹 나라로 전학을 보냈다고 믿을 수는 없다.

어쨌든 나는 주먹 나라의 중학교로 전학 온 지 며칠 안되어 심부름을 하게 되었다. 내게 심부름을 시킨 아이는 나보다 서너 살은 많고 학년은 같고 주먹과 칼로 일대의 초등학교, 중학교, 고등학교, 재수학원, 전수학교에까지 골고루 명성을 떨치고 있던 깡패였다. 그런 훌륭한 깡패가 왜 시골에서 막 전학 온 핏기 없고 어리숙한 나한테 '매점 가서 빵과 사이다를 사오라' 는 심부름을 시켰는지는 모르겠다. 그건 하느님이 아시겠지. 다른 아이라면 '아아, 드디어 내게도 기회가 왔구나. 영광스럽게도 나한테 심부름을 시키시다니, 이 목숨 바쳐 빵을 사와야지' 하면서 두 주먹을 꼭 쥐고 뛰어가련만 나는 그럴 생각이 없었다. 왜냐구? 나는 물정을 몰랐다. 나는 양과 사자의 나라에서 왔다. 나는 바보였다. 그래서 그 심부름을 거부했다.

"싫다."

그 아이의 표정을 아직 잊지 못한다. 무안한 듯한, 어이가 없는 듯한, 귀찮은 듯한, 이해할 수 없다는 듯한 그 표정은 군대 가서 걸핏하면 몽둥이부터 들고 보는 내무반장한테서도 나타났고 데모대가 시가지를 휩쓸던 어느 때 강경 진압 담화를 발표하는 대통령의 얼굴에서도 보았다. '네가 군인이야?' '네가 학생이야?' '너 뭐 하는 놈이야?' '네가 인간이야?' 라는 말을 하기 직전에 나타나는 그 표정. 폭력 직전의 표정.

물론 나는 맞았다. 변소 뒤로 끌려가서 나보다 작고 나보다 힘없고 나보다 먼저 전학 온 아이들에게 조롱을 받아가면서 한 시간은 좋게 맞았다. 맞아 죽으면서까지 절대로 잘못했다는 말은 하지 않는 아이들도 있잖은가. 무릎 꿇고 살기보다는 서서 죽기 원한다는 어른들도 있잖은가. 나는 바로 그렇게 하염없이 버티어서 시원하게 맞았다. 그 다음부터 나는 절대로 맞지 않겠다고 결심했고 실천에 옮겼다. 나는 행운아다. 결심을 실천에 옮기고도 무사할 수 있었다. 이 폭력의 왕국에서.

어떻게? 가령, 고등학교 1학년 시절 교실 앞뒷문을 잠가놓고 역도부 3학년 선배들이 단체로 '빠따'를 칠 때는 어떻게 하느냐. 가령, 사납게 생긴 국어 선생이 송강 정철의 「관동별곡」을 한 시간 안에 외우라는 숙제를 주고 정확히 한 시간 후에 와서 못 외운 사람을 몽둥이질할 때는? 학교 뒷담길을 지나가다가 이웃 야간 고등학교 깡패들이 버스표를 달라고, 라면 사먹을 돈을 달라고 포크를 들이댈 때는 어떻게 하느냐? 토끼는 것이다. 창문을 열고 뛰어내려라. 창문이 안 열리면 깨고 뛰어라. 가방이 무거우면 버리고 뛰어라. 다리가 부러지면 어떠냐, 창문이 깨지면 어떠냐. 치료비가, 창문 값이, 가방 값이 들면 또 어떠냐. 폭력에 당하는 것보다는 낫다. 훨씬 싸다. 폭력은 그것을 휘두르는 사람은 쉽게 잊을 수 있지만 그에 당하는 사람은 평생 두고 두고 그 순간의 끔찍함에 몸서리칠 것이다. 무엇보다도 폭력은 폭력을 낳기 때문에 나쁘다. 토끼면 된다. 서로에게 이익이다.

주먹 나라 중학교로 내가 처음 전학을 왔을 때 나는 백 미터를 20초에 뛰는 느림보였다. 처음으로 맞고 나서 백 미터를 뛰어보니 약 2초가 향상됐다. 졸업할 무렵 다시 2초가 단축됐다. 고등학교 1학년 시절 나는 백 미터를 13초에 뛰는 준족을 자랑했고 1년이 지나기도 전에 11초대에 진입했다. 그때 국가 대표급으로 각광받던 축구 선수가 유일하게 나보다 빠른 발을 가졌는데 졸업할 무렵 나는 그 선수를 추월할 수 있었다. 자신과 비슷하게 발이 빠른 보통 학생이 있다는 걸 안 그 녀석이 어느 날 주먹을 쳐들고 나를 따라왔기 때문에 나는 순식간에 10초대에 진입했던 것이다.

마침내 나는 국가 대표 달리기 선수가 되었고 태극 마크를 달고 각국의 내로라 하는 토끼들과 각축전을 벌여 국위를 선양할 수 있게 되었다. 여러분이 혹시 교내든 교외든 학원 근처든 집안이든 밖이든 폭력을 당하게 될 위기에 처하면 나를 기억해주기 바란다. 관중의 뜨거운 환호와 탄성 속에서 토끼고 또 토끼는 나를. 여러분도 할 수 있다.

벽돌

 알다시피 나는 서울에서 군대 생활을 했어. 인원이 얼마 안되는 특수부대라고 해두지. 서울은 땅값이 비싸니까 부대 부지가 좁고 따라서 부대 내에 많은 시설을 할 수가 없지. 한마디로 부대 안에 목욕탕이 없다 이거야. 그래서 매달 봉급에 목욕비가 따라나왔다 이 말씀이지. 일요일이 되면 목욕 외출이란 걸 했어. 군대니까 고참순으로 기는 거야. 바깥 냄새를 맡고 싶은 긴 졸병들이 더하지. 불쌍한 졸병들은 교회 외출을 시켜주지. 하느님께 빨리 고참이 되게 해달라고 기도하라고. 나도 처음엔 졸병이었어. 바깥 냄새를 맡고 싶어 환장할 지경이었지. 그래도 교회 외출은 하지 않았어. 난 신자가 아니었으니까 그것까지 속이는 건 치사하다고 생각한 거야.
 내무반에 나하고는 빨리 친해진 고참이 하나 있었어. 덩치도 크긴 했지만 밥을 엄청나게 많이 먹었지. 보통 사람 서너 배는 먹었다구.

내가 주방 일을 하니까 빨리 친해진 거야. 말이 별로 없는 사람이었어. 말을 하면 무게가 있었지. 쓸데없는 말은 안 하는 사람이었어. 이 사람은 고참 시절에 열심히 목욕 외출을 다녔어. 덩치가 크니까 때도 많았겠지. 그러니 자주 씻어야 했을 거고.

그런데 이 사람은 말이야. 목욕 외출을 갔다 하면 온몸이 새빨개져서 오는 거야. 얼굴은 물론이고 발톱까지 새빨개. 목욕탕에서 부대까지는 걸어서 가면 십오 분쯤 걸렸나? 오다 보면 어지간히 열이 내릴 텐데 말이야. 다른 사람 얘기를 들으니까 목욕탕 들어가면 계속 사우나탕에만 있다 온다는 거야. 다른 사람들은 군대밥 먹고 힘없는데, 기름 빠진다고 싫어하는데. 또 이 사람은 여름에도 목욕 외출을 가. 샤워로는 개운하지 않다는 거야. 여름에도 사우나탕에 들어가서 땀을 빼. 그랬으니 배가 좀 고팠겠어. 갔다 와서는 밥을 엄청나게 먹지. 눈치가 보일 정도로. 나는 늘 넉넉하게 그 사람 밥을 남겨뒀어. 그 사람이 그게 고마웠나봐. 제대하기 직전에 나한테 이야기를 해주더군.

"류 일병. 그 동안 무척 고마웠어. 내가 류 일병한테 특별히 줄 건 없고 군대 생활을 안 지겹게 보내는 방법을 하나 가르쳐줄게. 요 앞에 목욕탕 있지. 거기 가거든 사우나탕에 들어가서 의자에 앉지 말고 바닥에 앉아서 내가 왜 여름이나 겨울이나 그 사우나탕에 들어왔을까 생각해보라구."

그것뿐이야. 말했지. 그 사람은 말수가 적다고. 그리고 그 사람은 제대했어. 그 사람이 제대를 하면서 나도 목욕 외출을 할 수 있는 순서가 됐어. 첫번째로 목욕 외출을 하던 날, 그땐 초여름이었어. 부대에서 제일 가까운 목욕탕에 갔는데 그 목욕탕, 너무 낡았어. 굴뚝 하나만은 웬만한 공장 굴뚝 안 부럽게 컸지. 지은 지 삼십 년은 넘은 것 같더라구. 조그만데다 시설도 오래됐지. 여름 다 됐으니 손님이라곤 우리뿐이었지. 하여간 우리는, 우리라고 해봐야 고참들 대여섯 명밖에 안되지만, 줄을 지어서 목욕탕 안으로 들어갔어. 난 대충 샤워를 하고 사우나탕에 들어가봤어. 아주 엉성하더라구. 꼴에 뜨겁기는 또 왜 그렇게 뜨거워. 함께 온 동료들은 한번 들어와보고는 다시는 안 들어와. 난 제대한 고참이 말한 대로 사우나탕 바닥에 앉았지. 그리고 그 고참이 한 말을 떠올렸지. 자기를 생각하라고? 도대체 뭐가 있다는 거야. 좀 자세히 얘길 해주고 갈 것이지…… 그러면서 벌렁 드러누웠는데 어라, 요거 봐라. 벽에 길게 붙은 의자 밑 어두컴컴한 곳에 벽돌 하나가 조금 이상한 거야. 다른 건 가로로 길게 쌓여 있는데 요건 세로로 되어 있고 약간 튀어나와 있어. 팔을 집어넣고 손으로 잡아서 살짝 움직여봤지. 야, 움직이대. 뽑아봤지. 어, 뽑히대. 어쩌겠어, 들여다봤지. 그랬더니 그게 여탕의 사우나탕으로 통하게 되어 있더라구.

이야, 늘씬한 다리가 왔다갔다하는 거야. 수증기 때문에 잘 보이지는 않았지만 말야. 물론 무릎 정도까지밖에 보이지를 않지. 워낙 벽돌 위치가 낮으니까. 더 이상을 보려면 구멍에다 얼굴을 바짝 갖다대야 하는데, 정말 미치겠더군. 얼굴이 막 찌부러지려고 해. 벽돌은 좀 뜨겁나. 조금 더 위를 보려다가 화상 입을 뻔했지. 숨도 막히고. 일단 나는 벽돌을 제자리에 돌려놓고 밖으로 뛰어나왔어. 냉탕으로 물개처럼 다이빙을 했지. 그날은 그쯤 하고 나왔어.

그 다음부터 나는 목욕 외출에는 절대 빠지지 않았지. 겨울이나 여름이나 눈이 오나 비가 오나. 내가 그 벽돌 구멍을 통해 본 것 중에 제일 놀라운 건 뭐였느냐 하면…… 어느 날 내가 빼지도 않았는데 벽돌이 빠져 있길래 깜짝 놀랐지. 어떤 놈이 이 비밀을 알았나 보다 해서. 그런데 그렇지가 않았어. 내 쪽에 벽돌이 없어. 벽돌을 뺀 건 반대쪽이었다구. 그래…… 여탕에 있는 누가 뺀 거야. 벽돌이 길쭉하게 튀어나와 있으니까 뭔가 해서 빼봤나 봐. 우리 두 사람의 눈이 딱 마주쳤을 때의 그 황당함이라니. 왠지 슬픔 같은 게 느껴졌어. 슬픔은 아냐. 슬픔 같은 것.

제대하기 전에 난 평소에 내가 목욕 외출에서 돌아오면 밥을 많이 남겨놨다가 주곤 하던 졸병을 불렀지.

"성 일병. 그 동안 무척 고마웠어. 내가 성 일병한테 특별히 줄 건 없고 군대 생활을 안 지겹게 보내는 방법을 하나 가르쳐줄게. 요 앞에 목욕탕 있지. 거기 가거든 사우나탕에 들어가서 의자에 앉지 말고 바닥에 앉아서 내가 왜 여름이나 겨울이나 그 사우나탕에 들어갔을까 생각해보라구."

얼마 전에 우연히 그 목욕탕 앞을 지나가게 됐어. 지하 슈퍼가 있는 상가로 바뀌었어. 그래도 굴뚝은 남아 있었어. 왜, 벽돌로 높게 쌓고 목욕이라고 써놓고 온천 표시를 한 그 굴뚝 말이야. 벽돌의 성채의 망루 같은 그 굴뚝은 남아 있더라구. 왜 그것만 남아 있었을까. 갑자기 그게 궁금해지네.

개천의 용

학교 졸업하고 처음으로 그를 만났으니, 그 동안 얼추 십오 년은 흐른 것 같다. 고시촌 포장마차 안에서였다. 그는 여전히 고시 공부를 하고 있었고 술을 마셨다 하면 새벽에 포장마차에서 국수를 말아먹는 것을 마지막 순서로 삼곤 했으니(이건 내 버릇이기도 하지만) 그 장소, 그 시각 아니면 어디서 그를 만나겠는가. 그날도 그는 청운의 꿈을 품은 이무기들이 득시글거리는 고시촌을 싸고 흐르는 개천, 새내를 바라보며 혼자 앉아서 국수를 먹고 있었다.

그가 나이 사십을 바라보는 오늘날까지 여전히 고시 공부를 하고 있을 거라는 방정맞은 생각은 어디서 나왔는가. 그는 전형적인 공부벌레였다. 시험이 다가오면 과거 수십 년 간의 기출 문제를 달달 외우는 것은 물론이고 시험지를 얻어다가 철저한 도상 연습까지 했다. 그러나 미처 외우지 못했거나 연습을 안 한 데서 문제가 나오면 그는 한

줄도 쓰지 못했다. 그 융통성 없는 성질이며 결벽증을 버리지 못했다면 마흔이 다 되도록 고시에 붙지 못하는 건 당연했다. 이십 년 전 대학 들어와서 첫번째 성적표를 받아들었을 때, 그는 이렇게 말했다.

"이상하다. 네가 다방하고 생맥주집에서 보내는 시간이 내가 도서관에서 공부하는 시간보다 월등히 많은데 어째서 성적은 똑같이 나오냐."

그는 그것도 공부거리로 생각하는 듯했다. 나는 그에게 충고해주었다.

"이보게, 친구. 세상에는 공부해서 되는 게 있고 안되는 게 있네. 학교 시험도 세상의 일부인데 교과서 공부만 한다고 되겠는가. 하긴 자넨 연애도 충분히 공부한 다음에 시작할 사람이지. 오늘 예습할 기회를 만들어줄 테니 같이 고고장이나 가자구."

"부탁인데, 내 몫까지 살아줘."

그게 그의 대답이었다. 십오 년 만에 만났지만 나는 그의 부탁대로 그의 몫까지 신나게 춤추며 살아주지 못한 것 같아 못내 미안했다.

"해마다 고시 최종합격자 명단에서 자네 이름을 찾다가 눈까지 버렸네. 요새 정원이 훨씬 늘었다면서? 돋보기라도 써야겠어."

그는 내가 내미는 술잔을 받아들면서 쓰게 웃었다.

"맞아. 이게 감옥이지. 한번에 상류사회로 진출하겠다는 야심 때문에 제 발로 들어가 앉는 반 평짜리 감옥. 나는 이십 년째 징역살이를 하고 있고. 허허, 내 인생의 삼분의 일이 이 짓으로 지나갔구먼."

"다 알면서 왜 그러고 있는 거야?"

"고생할 때 하더라도 한번 용이 되는 게 우리 꿈이야. 지금 와서 포기할 수는 없는 거지. 주변 사람들 보기도 그렇구."

"감옥에서 이십 년 보내고 나와서 지팡이 짚고 벌벌 떠는 할배 용이 되면 뭘 하나? 그 시간, 그 정성, 그 노력 가지고 포장마차라도 했으면 지금쯤 재벌 됐겠다."

그때 포장마차 주인이 우리 쪽으로 슬며시 고개를 돌렸다. 그가 말했다.

"이십 년 아니라 오십 년 포장마차를 해도 여전히 포장마차 하는 사람도 있어."

포장마차 주인은 도마에 횟감으로 올려진 물고기처럼 커다란 눈을 껌벅거리다가 도저히 못 참겠다는 듯 끼어들었다.

"오늘은 절대 외상 안돼요, 아저씨."

고독

　남자 목욕탕은요, 돈 받고 사람 주눅들게 하는 장소라는 생각이 들 때가 있습니다. 알통이 툭툭 튀어나오고 배에 임금 왕(王)자가 새겨진 건장한 사내들이 팔을 활처럼 구부리고 어슬렁거리면서 돌아다니는 걸 보면요. 또 벗고 보니 몸에 흠집 하나 없는 미남들도 있잖습니까. 영화배우처럼 두 손으로 머리를 감아올리면서 거울 앞에서 빙그레 웃는 사내들. 또 사우나탕에서 뛰어나와 냉탕으로 첨벙 뛰어들면서 물개처럼 헤엄을 치는 사내들을 보면요, 조금만 뜨거워도 발발 떨고 조금만 추워도 달달 떠는 저 같은 사람은 기가 죽고 말지요. 거기다가 뛰고 달리고 소리치는 아이들이라도 있으면 떠밀려 넘어질까, 물이라도 튈까 싶어 몸을 조그맣게 만들고서 구석자리를 찾게 되는데요. 그날 저는 바로 그런 목욕탕 한구석에서 몸을 씻고 있었습니다. 그런데 가만히 보니까 제 반대쪽의 온탕 앞에 거구의 사내가 고독하게 앉아서 몸을 씻고 있더군요. 아무도 그 사내 근처에 가려고 하지를 않았고요. 마치 보이지 않는 경계선이라도 쳐진 듯 알통 사내도, 미남도, 장난기 많은 아이들도 모두 제가 있는 쪽에서 복작거릴 뿐이었습니다. 뛰어다니던 아이들도 어쩌다 그 사내 근처에 가면 걸음을 멈추고 질린 낯이 되어 얌전하게 걸어가더군요. 저는 알통과 미남과 아이들 등쌀에 시달리다가 점점 더 그 사내가 있는 쪽으로 가까이 가게 되었습니다. 저는 늠름하고 의연하게, 누구에게 신경 쓰지도 않고 혼자 넓고 한적한 곳에 앉아 몸을 씻는 사내가 부럽고도 신기했습니다. 그 사내는 시선을 공중에 고정시키고 묵묵히 때를 밀고 있었습니다. 꾹 다문 입술, 검고 짙은 눈썹, 부리부리한 눈매, 짧게 깎은 빳빳한 머리, 온몸의 크고 작은 흉터 등등이 사내의 성격이나 직업을 알듯 말듯 하게 하더군요. 어쨌든 저는 그 사내 덕분에 편히 목욕을 할 수 있었습니다. 그 사내는 내가 옆에 있거나 말거나 신경도 쓰지 않더군요. 때를 다 밀었는지 사내는 끙, 소리를 내며 일어섰습니다. 새삼스럽게 사내의 덩치가 엄청나다는 걸 알게 되었습니다. 그때 저는 문득 사내의 오른 팔뚝에 새겨진 문신을 보게 되었습니다. 아이가 쓴 글씨처럼 서툰 솜씨로 적힌 그 내용인즉 "참자."

저는 궁금증을 참지 못하고 사내의 뒤를 따라가 사내가 샤워를 하는 바로 옆에 섰습니다. 샤워를 하는 척하면서 반대쪽 팔뚝을 훔쳐보았는데요. 조금 긴 내용이어서 알아보기가 힘들었습니다만, 그걸 보고 비로소 목욕탕 사람들이 사내 근처에 얼씬하지 못한 이유를 알게 되었습니다. 거기에는 역시 서툰 솜씨로 다섯 글자가 문신되어 있었으니, "착하게 살자."

윗도리

지하철에서 신문을 보는 일처럼 자연스러운 일이 있을까. 또 그 신문 때문에 내릴 역을 놓치는 일이나, 놓치기 직전에 허둥대며 뛰어나가는 일도 자연스러운 일이다. 그런 행동이 일상적으로 반복될 때 그를 '신문에 빠진 사람'으로 부를 수 있을 것이고 나역시 그런 신문 중독자다. 대부분의 월급쟁이처럼 나는 아파트에 살며 직장에 가려면 지하철을 한 번 갈아타야 한다.

대부분의 월급쟁이들은 봄날이면, 그것도 느닷없이 후끈한 여름의 징조마저 나타내는 따뜻한 날씨면 윗도리를 벗어 들고 다닌다. 나 역시 윗도리를 벗어 들고 집을 나섰고 가판대에서 산 신문을 끼고 지하철로 향했다.

차에 오르자마자 먼저 윗도리를 선반에 얹는다. 그 윗도리에서 어떤 물건이 떨어지면 곤란하므로 미리 주머니에 든 물건을 꺼낼 필요가 있다. 나는 지갑과 담배를 꺼내 바지 주머니에 넣었다. 옷을 얹고 신문을 펴들면서 적당한 공간을 확보하고 곧 완전히 신문에 빠졌다. 물에 빠지는 것에 비유한다면 어두운 물에 발목부터 빠지기 시작해서 목까지 잠기고 안내 방송을 듣기 위한 아주 얇은 지각 하나만을 남겨놓았다.

그러던 어느 순간 나의 청각이 내가 곧 갈아타기 위해 내려야 한다는 정보를 낚아챘음에도, 아니 듣기는 들었는데 그 정보의 전체 의미를 깨닫는 것은 조금 늦었다. 늦었다고 느낀 순간 나는 시렁 위의 윗도리를 집어들면서 신문을 접고 사람들을 밀치며 열린 문으로 뛰어나갔다. 그리고 노선을 갈아탔으며 회사에 도착했고 일과에 들어갔다. 물론 일과에 들기 전 나는 다른 동료들처럼 윗도리를 옷걸이에 걸었다. 그리고 바지 주머니의 물건들을 꺼내 서랍에 넣었다. 지갑과 열쇠꾸러미와 담배, 그리고 동전 몇 개. 성냥을 찾았지만 성냥이 눈에 띄지 않았다. 성냥이야 다른 것으로 대체할 수 있는 물건이기 때문에 나는 그 성냥을 더 이상 찾지 않기로 했다. 그리고 점심 시간이 되었으며 나는 점심을 먹기 위해 동료들과 회사를 나섰다.

윗도리를 들고 식당의 빈자리를 찾아 기웃거리는 월급쟁이들을 이상하다고 여길 사람은 없을 것이다. 식당에 가면서 윗도리를 가지고 갈 필요가 있는지에 대해서는 알 수가 없다. 그건 습관이다. 개인의 그것이 습관이라면 집단의 그것은 관습이라고 부르던가.

"김, 윗도리가 달라진 것 같은데."

나이가 비슷하고 입사도 비슷하며 결혼도 비슷하게 했으며 아들 딸의 성별과 나이도 비슷한 우리 서너 명은 서로의 직함이나 이름을 부르지 않고 성으로만 부르기 시작한 지 오래되었다. 나는 '조'의 말에 따라 내 윗도리를 살펴보았다. 아닌게아니라 색깔이 조금 달랐고 무늬가 달랐다. 내 바지는 잿빛인데 윗도리는 더 어두운 잿빛에 가로 무늬가 들어 있었다.

　"내 게 아닌데. 사무실에서 잘못 들고 나왔나 보지."

　하지만 그럴 리는 없었다. 나는 그런 무늬를 좋아하지도 않았고 같은 방에 근무하는 다른 직원들도 그런 옷을 입은 사람이 없었다. 그럼 바뀌었군. 어디서? 습관적으로 나는 내 지갑을 생각했고 그것이 바지 뒷주머니에 있는 것을 알고는 안심했다. 그리고 문제가 된 윗도리의 주머니를 만졌더니 내 지갑보다 약간 부피가 더 나가는 또 다른 지갑이 손에 잡혔다. '조'는 내 윗도리와 바지가 약간 다른 것을 지적했을 뿐, 다른 관심이 없었다. 나도 더 이상 말하지 않았고 더구나 지갑을 꺼내어 호들갑을 떠는 바보짓은 할 생각이 없었다.

　점심을 먹고 나서 나는 자리에 돌아와 그 지갑을 꺼냈다. 거기에는 여느 월급쟁이처럼 신용카드 두어 매, 운전면허증과 영수증 한 장이 들어 있었다. 영수증을 발급한 곳은 '흑장미'라는 범상치 않은 이름과 기십만 원이 넘는 청구 금액을 표시해놓았다. 그리고 운전면허증에는 나처럼 안경을 쓰고 오 분 안에 사진을 인화해준다는 지하철 역의 카메라 앞에 앉아, 눈에 힘을 주어 카메라를 노려보고 있는 한 사내의 사진이 들어 있었다. 나 역시 지갑에는 그 비슷한 내용물을 담고 다닌다. 다만 그가 나와 다른 점은 빳빳한 백 달러짜리 지폐와 십만 원짜리 자기앞수표 서너 장이 상징하는 청결성, 풍족함이었다. 그리고 명함이 있었는데 그 안에 박혀 있는 이름은 운전면허증의 주인과 이름이 달랐다. 나는 삽시간에 그 사내의 전모를 파악했고 과거와 미래를 냄새 맡았다. 여기까지 나는 별 생각 없이 그 지갑 안을 들여다본 셈이다. 그런데 정작 윗도리 주인의 명함이 없다는 사실을 알게 되면서 그 돈과 그 사내의 정체성을 훔치고 싶다는 갈등에 시달리기 시작했다. 그래서 나는 내 양복 윗도리에 들어 있을 나의 정체성에 대해 생각해보았다. 성냥! 내 주머니에는 성냥이 들어 있을 것이다. 낙타 그림이 들어 있는 평범한 그 성냥이 어떤 단서가 될 수 있을까 생각하는 사내의 황당한 표정이 떠올랐다. 사내는 우선 기다릴 것이다. 자신이 명함을 넣어두었나 기억하려고 애쓸 것이다. 그리고 이 나라의 윤리 도덕이 어느 수준인가도 생각하고 그런 것들의 중요성을 강조하던 자신의 은사들을 떠올리기도 할 것이다. 그리고 윗도리에 성냥밖에 넣어두지 않은 사람에 대해 되는 대로 나쁜 상상을 하다가 연락이 안 온다면 사내는, 내 성냥을 찢어발기고 양복 윗도리를 힘차게 쓰레기통에 처넣은 뒤 쓰레기통과 함께 발로 차버릴지 모른다. 그런다고 별로 나아질 것도 없는데 말이다. 그래서 나는 전화를 했다. 그 지갑 안에 들어 있는 명함 주인에게. 명함의 주인은 윗도리의 주인의 친구라고 했고 나는 쉽게 기다리고 있을 사내의 전화번호를 알아냈다.

그 사내는 얼떨떨해하는 듯했다. 그는 내 윗도리를 아직 자신의 것으로 믿고 있는지도 몰랐다. 그리고 이 땅, 이 민족의 앞날에 아직 희망이 있다는 판단을 내렸는지도 모른다. 그건 중요하지 않았다. 우리는 만나기로 했다. 길거리에서 서로 양복을 팔에 들고 서 있는 사내를 찾아 두리번거리기로 한 것이다.

그 다음의 일은 상상에 맡긴다. 한 가지, 사내는 헤어지면서 내게 명함을 주었다. 거기에는 어느 식당 체인점 본사의 전화가 적혀 있었다. 이따금 명함첩을 뒤지다가 그 명함과 만날 때가 있다. 내가 그때 빙그레 웃는다고 해서 나를 주의해 보는 사람은 없다.

이 이야기의 교훈: 지갑을 주우면 주인에게 돌려줍시다.

세계화

　　　　　그는 트럭과 승용차의 중간쯤 되는 조그만 차를 몰
고 다니며 마른안주 거리를 술집에 납품하는 사람이다. 시장에 가서
마른 새우, 멸치, 땅콩, 말린 바나나, 포, 호콩 따위를 걷어와서 일회
용 용기에 나누어 담고 랩으로 싸서 재료비의 두 배쯤 되는 가격으로
납품을 했다. 재료비 외의 명목에는 그의 아내와 아내와 비슷한 처지
인 이웃 여인들의 노동력이 포함되어 있다. 운반비, 자동차 할부, 전
기료, 수도료, 술집 앞에 세워놓은 차에 붙는 주차위반 과태료, 술집
문지기에게 쥐어주는 담뱃값 등등 수백 가지 항목의 비용 역시 마른
안주의 값에 들어가 있다. 그걸 사람들은 매출원가라고 손쉽게 말하
는지 모르지만. 그가 그렇게 만들어다 주는 마른안주를 술집에서는
열 배나 스무 배쯤 되는 값으로 팔았다. 거기에 포함되는 명목은 무
엇일까. 웨이터들의 남성용 화장품 값, 휘황한 조명, 근사한 음악? 엉

뚱한 생각을 잘하는 그로서도 짐작할 수가 없었다. 다만 그곳에 나오는 아가씨들에게 자신이 납품하는 마른안주가 주는 폭리가 돌아가지 않는다는 것 정도는 알고 있었다. 그래선지 그 아가씨들은 손님에게 마른안주 따위는 권하지 않았다. 권한다면 마른안주보다 훨씬 비싼 안주들, 가령 포장지에 든 밤이며 신선한 과일과 인삼 따위, 또는 물고기 알처럼 엉뚱한 그가 잘 모르는 안주들을 권할 것이었다. 그러니까 그는 그 아가씨들과 알은체할 필요도 없었고 견습 웨이터처럼 담뱃값을 쥐어줄 필요도 없었다. 하지만 그의 인내는 바로 그 아가씨들 가운데 한 사람 때문에 끊어졌다.

지하 룸살롱에 납품을 하러 갔다가 그는 복도에서 예쁜 아가씨가 울고 있는 걸 보았다. 그때는 들고 있는 짐이 무거워 그럴 만한 이유가 있겠거니 하면서 그의 유일한 취미이며 특기인 엉뚱한 생각이 들기도 전에 지나쳐 갔다. 납품을 하고 나오는 길에도 그 아가씨를 보았다. 그녀는 머리에 무스를 잔뜩 바른 젊은 아이들에게 둘러싸여 있었는데 울고 있지는 않았다. 그 아이들은 혀 꼬부라진 소리로 그녀에게 더 울라고 다그치고 있었다. 그는 그들의 곁을 지나치면서 대명천지 대한민국하고도 서울 한복판에서 써킹(Sucking), 칵(Cock), 딕(Dick), 훠킹(Fucking) 같은 꼬부랑 욕이 되풀이되는 소리를 들었다. 그때 그는 엉뚱하게도 군대 시절 훈련소의 교회에서 마주친 카투사들을 떠올렸다. 카투사는 미군과 같은 군복을 입었고 미군처럼 얼굴이 해말갰고 미군 부대에 근무하게 될 것이라고 했다. 미군처럼 먹을 것이고 미군과 같이 미국말을 쓸 것이고 미군처럼 편하게 군대 생활을 할 거라고 몹시 부러워했던 기억이 났다. 그가 엉뚱한 생각을 하면서 복도 끝을 빠져나가기 직전, 아가씨는 카투사처럼 보이는 아이들 가운데 유난히 어려 보이는 한 아이의 뺨을 쳤다. 그러고 나서 그 아가씨는 뿌린 대로 거두리라는 목사님 말씀대로 다른 아이들에게 뺨을 맞았다. 네 시작은 미약하였으나 끝은 심히 창대하리라는 말씀처럼 수십 대의 뺨을 맞고 코피를 흘리며 쓰러졌으며 맨 처음 그녀에게서 뺨을 맞고 한구석에서 뺨을 문지르며 서 있던 아이가 구둣발로 그녀의 탐스러운 머리카락을 짓뭉갰다. 복도에는 오도 가도 못하고 손을 비비며 엉뚱한 생각을 거듭하는 그와 맞고 때리는 사람들 외에는 아무도 없었다. 그가 그들에게 몸을 돌린 건 특별히 다른 뜻이 있어서가 아니었다. 그가 엉뚱함을 최대한 발휘해 약한 여자를 여러 명의 남자가 때린다는 게 창피하지 않느냐는 말을 했다면? 그들이 그의 유창한 한국말을 알아들을까? 나중에 혹시 납품업자의 주제를 넘는 짓을 했다는 평가를, 술집 주인이나 웨이터, 손님들에게 받지는 않을까? 그 평가가 거래 중단을 의미하는 건 아닐까? 그래서 그는 그런 오해를 불러일으키지 않을 다른 엉뚱한 행동을 생각해봤다. 복도 반대 끝에 있는 주방에 잊어버린 물건을 두고 온 사람처럼 돌아가볼까? 발소리를 내면서 바쁜 척 힘차게 지나가볼까? 다른 사람이 있다는 걸 안다면 최소한 때리는 걸 멈추지는 않을까? 그래도 계속 때린다면? 주방문을 열고 안면이 있는 웨이터를 불러내자. 아 참, 깜박 잊고 말씀 못 드렸는데요, 다음번 수금은 어떻게 되죠? 그렇게 묻자. 그러나 그가 일부는 온당하고 일부는 엉뚱한 그 모든 생각을 실행에 옮기기 전에 이미 사건은 벌어졌다.

그가 경찰서에서 정신을 차렸을 때 그의 팔뚝은 육상 경기장의 출발선처럼 갈라져 있었고 웨이터는 자신이 주방에서 내다보는 순간 누군가에게 칼을 빼앗겼는데 얼굴은 보지 못했다고 진술했다. 피해자이자 당사자이며 원인 제공자인데다 증인이 되어야 할 아가씨는 경찰서에 오면 안될 이유가 있었는지 보이지 않았고 그 아가씨를 때리던 아이들도 보이지 않았다. 아니, 보이긴 했는데 뺨을 맞은 바로 그 친구밖에 없었다. 그 친구는 자신이 미국 국적의 재미교포이며 과도한 팁 문제로 아가씨와 다투다 폭행을 당하고(Oh my God!) 곧이어 달려든 깡패 같은 사내에게 그깟 몇 푼 되지도 않는 팁을 가지고 시끄럽게 군다고 뺨을 맞고 사타구니를 걸어채였으며(Terrible beat!), 자신과 복도에 같이 있던 사람들은 단지 의사 소통이 된다는 것 때문에 만난 한국인일 뿐, 전에는 본 적도 없는 사람이라고 유창한 영어로 진술했다. 경찰들은 한마디도 놓치기 아까운 듯 그 친구의 영어 진술을 주의 깊게 경청했고 네 말을 잘 알아듣는다는 걸 서로에게 과시라도 하듯 큰소리로 낄낄거렸고 서로의 의견을 물어가며 신중하게 번역한 다음, 그 친구의 확인을 받아 서류로 철했다. 영어 실력이 모자라 그를 담당하게 된 경찰은 엉뚱하게도, 네가 불쌍한 술집 애들 등쳐먹는 기둥서방인가 본데 오늘 제대로 걸렸다고 엄숙하게 선언한 다음 한국식으로 책상을 쳐가며 취조를 했다. 긴급처치를 해야 할 그의 인대는 시간을 끄는 동안 팔뚝까지 말려올라가고 있었다. 그는 남들이 엉뚱한 생각과 엉뚱한 짓을 하는 동안 너무 아파서 자신의 주특기를 발휘할 틈이 없었다. 응급실로 실려간 다음에도 칼을 휘두른 아이, 뺨을 맞은 친구, 아가씨, 술집 주인, 웨이터, 경찰, 그 누구에게도 보상을 받을 길이 없었다. 그들은 모두 자기 일을 했을 뿐이고 자기들 볼일을 보았다.

그날 밤 대통령이 텔레비전에 등장해서 세계화만이 우리의 살길이라고 선언했다. 대통령이 텔레비전에 나와서 세계화라는 말을 한 것은 이천번째였다. 숙직을 하던 어느 경찰이 자신의 수첩에 세계화만이 살 길이라고 적었다.

군대에는 군대에서만 통하는 훌륭한 말이 많이 있다. 그 가운데 인상적인 관용구를 말하려고 한다. 모든 군인은 반성을 통해서 전투력을 증강시킬 수 있다. 반성을 할 경우 군인답게 진지하고 철저하게 해야 한다. 그 뜻을 담은 관용구는 남자의 외성기를 뜻하는 ○을 넣어 '○ 잡고 반성한다' 이다. 참고로 ○은 군대의 언어 세계를 김치찌개에 비유한다면 김치요, 호두과자에 비유컨대 호두요, 사막에 비유할 때 오아시스다. 그 말이 나온 데는 다음과 같은 전설이 있다고 한다.

그 말이 나온 곳은 장교를 배출하는 어느 훈련대이다. 훈련대의 교관은 장교가 아니었다. 그래서인지 장교 후보생들이 말을 들어먹지 않았다. 교관은 궁리 끝에 후보생들의 옷을 모두 벗게 한 다음, 비 오는 연병장에 내몰았다. 그리고 각각 자기 앞사람의 ○을 잡고 줄을 지어 달리게 했다('군대는 줄이다'라는 관용어도 있다). 그것은 하늘이 사람을 지상에 살게 한 이후 처음 나타난 기묘한 광경이었다. 그때부터 'ㅇ 잡고 반성한다'는 말이 생겼다. 아니다. 그 말이 먼저 생겼고 실천한 것은 그때가 처음이라는 설도 있다. 다만 그 ㅇ은 자기 게 아니라 남의 것임을 알아두라.

재미나는 인생 4

— 운동에 관하여

         나는 가난했던 젊은 시절부터 지금까지 안 해본 운동이 거의 없다. 운동에 시간과 돈을 투자할 여유가 없는 사람에게 내가 추천하는 운동은 숨쉬기, 걷기, 맨손체조, 달리기 등등이다. 돈이 조금 있는 사람에게 추천할 만한 것은 유명 운동화와 팬츠, 용품이 필요한 테니스 정도이다. 나도 이십대에는 주로 숨쉬기와 맨손체조를 했고, 삼십대에 들어서야 테니스에 관심을 가질 수 있었다. 물론 이 모두가 많은 사람이 즐기고 있는 나무랄 데 없는 운동이다.

하하, 당신이 여유가 좀 있고 남보다 특별한 존재라는 느낌을 가지고 싶은데 운동이 필요하다고 한다면 내가 추천해줄 수 있는 것은 골프다. 한국에서 골프를 치는 데는 돈이 꽤 든다. 골프채, 부킹, 피 (Fee), 팁 등등이 다 돈이고 클럽 하우스에서 먹는 설렁탕 값만 해도 일반 식당의 두어 배는 낼 각오를 해야 한다. 골프와 비슷한 수준의 스포츠로는 사냥이 있다. 사냥은 계절적으로 겨울만 가능하고 잡을 수 있는 조수의 마리 수에도 제한이 있으며 일 년에 한두 개 도씩 돌아가며 엽장으로 개장하니 조금 귀찮은 느낌이 들기는 한다. 어쨌든 골프나 사냥을 할 수 있게 되었다면 당신은 사십대 초반의 나와 비슷한 수준이라고 할 수 있겠다. 아 참, 사냥이 아이들 장난이 아닌 이상 엽총이 필요하고 개도 몇 마리 길러야 하고 괜찮은 성능의 지프-기왕이면 삼천 시시 이상의 배기량을 가진 가솔린 지프가 좋다-도 있어야 하니까 이래저래 돈이 좀 든다.

그런 것쯤 무시할 수 있을 정도라면, 운동을 통해 건강을 유지하고 여가 시간을 활용하며 궁극적으로 자신을 향상시키는 데 그까짓 푼돈이 문제겠느냐, 어디 또 다른 참신한 운동이 없느냐고 당신이 묻는다면 나는 승마를 추천하겠다. 당신이 이미 승마를 취미로 하고 있다면 당신은 한국에서 돈 좀 가졌다는 사람 가운데 하나일 것이다. 내가 사십대 후반에 그랬다시피. 혹시 아침에 일찍 일어나는 일, 초원의 싱그러운 공기, 부드럽고 따뜻한 말등의 감촉, 말똥 냄새에 싫증이 났다고 한다면 난 당신에게 요트를 추천하려고 한다. 요트에서는 수영, 낚시, 요리, 선탠 등등 어떤 스케줄이든 당신 마음대로 할 수 있다. 요트는 떠다니는 성이다. 당신은 그 성의 영주다. 요트와 맞먹는 것이 내 친구 헤르베르트 폰 카라얀 같은 사람이 즐겼던 경비행기 운전이다. 그런데 요트나 경비행기를 끌고 다니는 게 운동이라 할 수 있는지는 모르겠다. 기계가 차지하는 부분이 너무 많으니까. 그러므로 그렇게 모호한 것은 싫다, 좀더 인간적이고 특별하며 세계에서 가장 부자 가운데 하나인 당신에게 어울리는 운동은 무엇일까. 그건 요즘 내가 푹 빠져 있는 폴로라는 것이다.

폴로는 말을 타고 다니며 말렛(Mallet)이라는 나무막대기와 말발굽을 이용해서 땅에 공을 굴려 상대 골대 안에 집어넣는 게임이다. 말과 사람이 한 몸을 이루어 거친 호흡을 내뿜으며 박차를 가하는 힘찬 소리, 흙먼지가 자욱히 피어오르는 대지에 말굽의 징에서 꽃잎 같은 불꽃이 튀어오르고 말렛이 각축하는 숫사슴처럼 따악딱 부딪치는 소리를 들으면 두 주먹을 불끈 쥐지 않을 사내가 없다. 땀과 호령 소리 가운데서도 신사도가 있고 장쾌한 승리의 기쁨이 있어 과연 영웅들의 경기라 할 만하다. 이걸 하려면 우선 경기장이 필요한데, 그 넓이는 대략 300야드(275미터) × 250야드(183미터)짜리 풀밭이면 된다. 경기 시간은 각 7분 30초로 8회이며 사이사이에 3분 간의 휴식 시간이 있다. 골은 한 번에 1점인데 반칙을 하면 득점의 반을 깎는 엄격하고 희한한 규칙이 있다.

폴로를 즐기려면 평소에 말 서너 마리 이상은 항상 준비해둘 필요가 있다. 그러자면 마굿간이 필요할 것이고 사육사가, 관리인이, 말들이 연습할 만한 초원이 필요할 것이다. 아 참, 목초지도 있어야 한다. 어라라, 그러고 보니 말 목욕탕, 말 화장실이 빠졌군. 좋은 말들은 지정된 장소를 이용하는 법이니까. 폴로용 말은 폴로포니로 불리는 조랑말인데 좋은 혈통의 폴로포니를 구하는 게 대단히 어려워서

나도 요즘 골머리를 썩이고 있다. 아아, 마지막으로 폴로는 여러 사
람이 하는 경기니까 부자이면서도 운동을 좋아하는 친구가 여럿 있
어야 한다. 돈이 많이 들 거라고 걱정할 건 없다, 당신은 나처럼 중세
영주에 맞먹는 부자일 테니까.

인생은 짧고 오월 풀밭은 저리도 싱그럽고 아름다우니 언제 시합
이나 한번 할까요.

술 깨는 약

보통 때보다 삼십 분 일찍 나온 류는 버스 정류장
가판대에서 신문을 사고 담배를 한 대 피워 문다. 출근 시간대의 일
분은 여느 때의 삼십 분과 맞먹는다지만 아직 그 일 분이 서른 개 가
까이 남아 있다. 평소 같으면 그는 지금쯤 떠지지 않는 눈을 간신히
뜨고 도살장에 끌려가는 소처럼 미적미적 화장실로 향하고 있겠지만
어제의 그와 오늘의 그는 많이 다르다.

아침에 삼십 분 일찍 나오고 저녁엔 한 시간 일찍 들어가기. 그는
어제 사무실과 집에서 동료와 가족에게 엄숙히 선언했다. 아침에 땡,
하는 소리와 함께 슬라이딩으로 간신히 출근 시간을 맞추며 살고 저
녁에는 낮 동안 받은 스트레스를 푼답시고 술타령을 하다가 열두시
에 다시 땡, 소리가 나기 직전 집으로 슬라이딩하는 삶은 지긋지긋하
다. 왜 이렇게 인생을 허비하는가. 더 이상 참을 수 없다.

좌석버스가 온다. 하지만 오늘은 여유가 있다고 그는 생각한다. 아직 담배를 다 피우지 않았다. 한 대 정도는 그냥 보내지. 아직 시간이 많은데, 뭘. 좌석버스가 서고 말끔해 보이는 몇 사람이 올라탄다. 좌석버스는 금방 출발하지 않고 남보다 조금 일찍 나오고 조금 일찍 들어가면서 모범적인 삶을 사는 사람들을 기다려준다.

류는 다시 담배를 한 모금 더 빨면서 한산한 버스 안에 잠들어 있는 사람들을 바라본다. 그도 이제 모범적인 인생을 살 수 있다. 지금 버스를 탄다면 앉아 갈 수가 있고 저 사람들처럼 사무실에 도착할 때까지 잠을 잘 수도 있겠다 싶지만, 가끔 한 모금의 담배가 삼십 분의 잠보다 소중하게 느껴지는 걸 어쩌겠는가. 버스가 떠나고 나서 류는 담배를 끄고 모범 시민답게 꽁초를 껌 종이로 말아서 주머니에 집어넣는다. 그러고도 아직 스무 개의 일 분이 남아 있다.

버스가 왔지만 류는 타지 않는다. 빈자리가 보이지 않았던 것이다. 남들보다 조금 더 일찍 나온 모범 시민이면 자리에 앉을 권리 정도는 있지 않을까. 비스기 한두 대 있는 것도 아니니까 더 기다려보지, 뭐.

몇 분이 지난 후 다시 좌석버스가 온다. 그런데 그보다 앞쪽에 서 있던 사람들이 우르르 버스에 올라타는 바람에 신문을 접느라 동작이 늦은 그의 좌석이 있을 것 같지가 않다. 그는 잠시 망설인다. 좌석버스에 좌석이 없으면 그게 어디 좌석버스인가. 모범 시민으로서의 자존심이 있지 좌석 없는 좌석버스에는 탈 수 없지. 그는 아직 십여 분의 여유가 있다고 생각한다.

좌석버스가 떠난 뒤 그는 신문을 잘 접고 길 닿는 곳에 바짝 붙어 자리를 잡는다. 그런데 기다리는 좌석버스가 좀처럼 와주지 않는다. 자칫하면 삼십 분 일찍 나온 보람도 없이 다른 때와 마찬가지로 아귀다툼을 해가며 버스를 타야 할지도 모르겠다는 불안이 스쳐 지나간다. 그럴 리야 없겠지, 아직 오 분이나 남아 있는데. 그러나 좌석버스는 더 이상 오지 않는다. 오느니 일반 버스뿐이다. 그나마 점점 혼잡해지고 있다. 그는 지금이라도 일반 버스를 탈까 생각한다. 삼십 분이나 일찍 나온 걸 생각하니 억울하다. 좌석버스를 타고 좌석에 앉아서 느긋하게 가지는 못할망정, 어떻게 아직까지 술 냄새를 풍기며 허둥지둥 나와서 일반 버스에 올라타는 인간들하고 한 버스를 탈 수 있나.

하지만 아까운 시간은 자꾸 흐른다. 택시를 잡으려는 사람들이 늘어난다. 그는 최악의 경우에 택시를 탈 작정을 하고 좌석버스를 기다리기로 한다.

금쪽같은 오 분이 다 갈 무렵 좌석버스가 도착한다. 그러나 평소와 마찬가지로 그 시간의 좌석버스는 앉기커녕 서 있을 자리도 마땅찮다. 삼십 분이나 일찍 나와서 다른 때와 똑같이 행동해야 된다는 게 억울하기 짝이 없다. 그는 과감하게 좌석버스를 보내고 택시 정류장으로 향한다. 돈은 더 들겠지만 일찍 나온 걸 생각하면 어쩔 수가 없다. 돈이 문제가 아니라고 그는 생각한다. 일찍 나오는 게 버릇이 되어야 한다. 그런데 첫날부터 어제와 다름없이 땡, 하고 들어가게 되면 무슨 재미로 일찍 나올 것인가.

그 시간에 택시를 타는 사람은 그리 많지 않다. 택시는 일반 버스를 타도 늦는 최악의 경우에 이용하는 것이다. 택시 안에서 그는 계산을 해본다. 그의 지갑에는 만 원짜리 지폐와 좌석버스를 탈 때를 대비해 준비한 천 원짜리가 있었다. 그는 신문을 다시 펴들었다. 택시는 중간에 합승을 한 번 했을 뿐 막힘 없이 달렸다. 합승한 여인이 먼저 내리면서 만 원짜리를 내밀었다.

"잔돈 없으세요?"

여인은 없다고 고개를 저었다. 나이가 좀 들어 보이는 운전기사는 이번에는 그에게 물었다.

"없으세요?"

"만 원짜리뿐인데요."

운전기사는 입맛을 다시면서 천 원짜리로 거스름돈을 세어 여인에게 건넨다.

"잔돈이 없어서 큰일났네. 출근 시간이라 바꿀 데도 없고."

그는 자신이 내리는 곳에 평소에 자주 들르던 약국이 있다는 걸 상기하고 거기서 돈을 바꾸면 되겠다고 생각한다. 그래서 택시가 서자마자 잠깐 기다리게 하고는 재빨리 약국으로 뛰어간다.

"저, 미안합니다만 잔돈이 없어서 그러는데 아무거나 하나 주시고……"

신문을 읽고 있던 약사는 그를 보더니 고개를 끄덕이고는 약 한 봉지와 드링크제 하나를 꺼내준다. 그는 약사가 잔돈을 세는 동안 그걸

술 깨는 약 193

습관적으로 입에 털어넣고 삼킨다. 택시비를 지불하고 나서 그는 육교를 건너 사무실로 향한다.

고생한 보람이 있다. 평소보다 이십 분은 빨랐다. 그는 한적한 분위기의 사무실에서 술이 덜 깬 얼굴로 통통 부어 땡, 하는 시간에 슬라이딩을 해올 동료를 느긋하게 기다린다. 머리가 맑다. 이런 기분이라면 하루 종일 일을 해도 스트레스가 쌓이지 않을 것 같다. 택시비가 전혀 아깝지 않다.

그런데 시간이 지나면서 류는 기분이 점점 이상해진다. 머리 속이 말똥말똥해지다 못해 붕 뜨는 느낌이 든다. 작은 일에도 신경이 쓰이고 작은 소리에도 민감하게 반응한다. 점심때가 다 되어서야 그는 그 이유를 깨닫는다. 약국에서 먹은 약은 그가 평소에 술이 덜 깬 상태에서 찾던 술 깨는 약이었던 것이다.

황금향

　　까마득한 옛날, 사람이 흙에서 태어나 흙으로 돌아
가는 자연의 원리에 따르기 전의 일이었다. 그때 진흙처럼 끈끈한 대
기 속에서 하루에도 수억 번씩 떨어지는 번개로 불안정한 이온들이
제 짝을 찾아 헤매며 새로운 분자 구조를 만들어내고 있었다. 초목도
짐승도 살 수 없던 그 시절에 지성을 가진 생명체로서 움직이는 유일
한 존재는 황금향에 있는 황금 거인들이었다. 그들은 까마득한 산상
에 있는 황금 동굴에 살았는데 그곳이 곧 그들의 양식이요, 몸이며
배설물인 황금의 고향이었기 때문이다. 그들은 황금을 먹고 황금을
소화하고 황금을 배설하는 한편, 황금을 베고 자며 황금의 아이를 낳
는 꿈을 꾸었다. 황금향의 황금기에는 아무도 땅바닥에 깔린 황금을
주워 먹지 않았고 황금을 가지고 다투는 일은 결코 없었다.

　　유구한 세월 속에서 그들의 몸에서 떨어져 나온 배설물은 동굴 밖

으로 흘러나갔고 중력의 법칙에 따라 아래로 흘러가버렸다. 언젠가
부터 거인들은 질이 나쁜 황금을 먹어야 했다. 더 세월이 흐르자 마
침내 그들은 '반짝인다고 모두 황금이 아니다' 라는 자연의 원리를 위
반하고 반짝이는 것이면 거미줄에 맺힌 이슬이든 황동이든 먹고 보
았다. 그 결과 그들의 몸을 구성하는 황금은 더욱 불순해졌고 불순해
진 몸은 불순한 정신을 낳았으며 불순한 정신은 순수한 황금과 불순
한 황금을 가리지 못했다. 그들 대부분은 소화불량에 걸렸고 전보다
낮은 황금 베개를 베고 옛날이 그립다며 잠꼬대를 했다. 얼마 뒤 한
거인이 자신의 배설물을 먹다가 들킨 일이 사회 전체에 충격을 주었
다. 비난의 목소리가 터져나왔으나 그건 늙은 거인들의 목소리뿐이
었고 지성적인 존재로서 절제와 윤리의 덕목을 따르기보다는 일시적
인 배부름을 더 원하는 젊은 거인들의 수가 점점 늘어갔다. 마침내
숨어서 자신의 배설물을 먹는 것은 숨어서 배설을 하는 것과 같은 일
로 간주되었다.

　마침내 그들 사이에 전쟁이 터졌다. 한 거인이 그들의 집이자 요람
인 동굴의 흙바닥이 드러나도록 황금을 파먹은 일에 대해 격렬한 찬
반토론이 벌어졌는데 '삶을 이어가는 것은 지붕이나 벽을 온전하게
간수하는 일보다 엄숙한 것' 이라는 주장과 '연명을 하기 위해 우리
존재의 원형질이며 후손의 알껍질이 될 동굴을 바닥까지 먹어치우느
니 존엄을 지키면서 깨끗이 죽는 게 낫다' 는 논리가 맞서 패가 갈라
지고 이 위대한 종족간에 죽고 죽이는 싸움이 벌어졌던 것이다. 어느

편이 이겼는지는 중요하지 않다. 승자는 죽은 패자의 육신을 뜯어먹었다. 그걸 잔혹하다거나 수치스럽다고 말하는 거인은 없었다. 그런 말을 하는 즉시 자신마저 남에게 먹힐 운명이 된다는 것을 알고 있었으니까. 세월이 흐르자 그마저 바닥나고 말았다. 한때 한편이었던 거인들은 다시 두 패로, 네 패로, 여덟 패로 나뉘었으나 이번에는 지나간 전쟁이 준 교훈이 마구잡이로 전쟁을 벌이는 일을 막았다. 그들은 조금 더 합리적인 방법을 찾아내 서로를 먹으려 했다. 그 방법은 이러했다. 심지뽑기로 희생자를 정해 가해자가 희생자의 팔이나 다리 하나를 가져왔다. 그것을 다시 심지를 뽑아 순위를 정하여 나눠 먹었다. 그들 각자에게는 인간의 팔과 비슷한 것이 수십 개는 되었으므로 심지뽑기는 그들에게 일정 기간의 평화를 보장해주는 유력한 수단이 되었다. 또한 그들에게 놀이에 대한 감각을 일깨우고 비참한 세월을 잊게 하는 역할도 했다. 어느 때부터인가 그들의 몸에는 푸릇하고 불순한 무늬가 생겨났다. 나중에 인간이 구리라고 이름붙인 불순물이 허약해진 거인족의 몸에 전염병처럼 퍼졌던 것이다.

다시 유구한 세월이 흘렀다. 거인들은 자신들의 허기와 공포에 대항하여 하루하루 연명해가는 게 고작이었다. 그들의 몸에 생긴 반점은 점점 커졌고 겉으로는 보이지 않는 몸 안쪽 깊은 곳까지 반짝이지만 황금으로는 볼 수 없는 갖가지 금속, 은 · 백금 · 납 · 수은 · 카드뮴 · 구리 따위가 차지하는 비중이 점점 높아졌다. 어느 날 황금 거인들은 더 이상 종족과 집단의 순수성을 유지할 수 없게 되었다는 데 의견 일치를 보았다. 그들은 중대한 결단을 내렸다. 한 거인을 선택하여 새로운 황금향을 찾아 떠나도록 한 것이었다. 그에게는 특별히 순도 높은 팔과 다리가 주어졌다. 황금의 눈물을 흘리며 떠나는 자는 떠나고 남은 자는 남았다. 남은 거인들은 최대한 움직임을 억제하고 그들이 파견한 사자 겸 탐험가가 돌아와 좋은 소식을 전해주기를 기다렸다. 그러나 그는 돌아오지 않았다. 그들은 다시 희망을 모아 새로운 사자를 선발했다. 그가 떠났다. 이번에는 눈물의 전송이 없었다. 그 역시 돌아오지 않았다. 거듭 그들은 보냈다. 그에게 노자로 보태준 팔다리가 줄었고 어느 때에 이르러 그들은 더 이상 떠나보낼 때 줄 팔 다리가 없는 것을 알게 되었다.

또 세월이 흘렀다. 결국 그들 대부분은 죽었고 황금 종족의 황금시대 또한 끝났다. 그러나 마지막 생존자, 유난히 인내심이 강하고 허기에도 잘 견디며 영리한 거인이 있었다. 그가 바로 인간의 역사에 기록된 마지막 황금 거인이다.

그는 다른 거인들이 죽고 난 다음, 그 시체를 먹음으로써 그의 종족 전체가 살아온 이상의 세월 동안 살아남았다. 그러나 그에게도 시간은 냉혹했다. 일 년, 이 년의 시간은 굶을 수도 있고 먹지 않고도 먹은 척 스스로를 속일 수도 있지만 일억 년, 이억 년의 시간은 속일 수도, 그냥 넘길 수도 없는 법이다. 그는 결국 스스로를 먹지 않을 수 없었다. 그는 손톱과 발톱, 머리카락처럼 죄의식이 덜한 것부터 먹기 시작했다. 황금의 눈물을 흘리고 그 눈물을 혀로 핥으며 그는 스스로의 황금 손가락, 황금 발가락을 먹었다. 그렇게 해서 이천만 년을 더 살 수 있었다. 그 다음에 그는 발을 먹었다. 삼천만 년이 더 연장됐다. 그는 왼쪽 정강이를 먹었고 그 다음에는 오른쪽 정강이를 움켜쥐었다. 이천만 년의 시간이 흘러갔다. 정강이처럼 부피가 큰 것을 먹었는데도 시간이 이천만 년밖에 되지 않은 것은 자신이 자신의 것을 먹기 시작함으로써 순도가 급격히 떨어져갔기 때문이다.

인간의 조상이 까마득한 하류에 나타났을 때 거인에게 남은 것은 가슴 일부와 소화기관, 목, 얼굴이었다. 부주의하게도 팔을 일찍 먹어치운 까닭에 입이 닿지 않는 것은 먹으려야 먹을 수가 없었다. 생애의 마지막 순간, 그리고 위대한 황금 거인족의 시대가 끝나는 최후의 순간, 인간의 음성이 멀리서 들려오기 시작하던 그때에 그의 입은 입을 먹으려고, 목구멍은 목구멍을 삼키려고 추악하게 뒤집혔다. 그는 혀를 뜯어먹고 이를 갈아먹었다. 그리고 미리 귀를 뜯어먹지 못한 데 대해 회한에 차서 죽었다.

황금향을 방문한 최초의 인간은 돌도끼를 놓고 번쩍이는 황금 덩어리 앞에 넋을 잃고 서 있었다. 그는 번쩍이는 것을 따라 하류에서 기슬러 올라왔다. 이윽고 그는 제 동료들을 불렀다.

먼 훗날 까마득한 산정에 황금 머리가 얹힌 조상(彫像)이 세워졌다. 그의 몸은 청동이고 그 아래는 철이며 발은 그 조상이 딛고 있는 대지와 같은 질료로 만들어졌다.

▽의 △ 이야기

지금부터 30여 년 전, 어느 초등학교에 학생들로부
터 '미친개'라고 불리는 선생님이 있었다. 그는 늘 자신의 큰 덩치와
울퉁불퉁한 근육에 걸맞은 크고 거칠거칠한 몽둥이를 가지고 다녔고
언제 어느 때나 그 몽둥이를 휘둘러댔으며 그와 동시에 자신이 학생
의 입에 담지 못하도록 하는 욕설을 퍼부어대는 것으로 명성을 날렸
다. 그는 천성적으로 그런 일을 즐기는 것처럼 보였고 학생들이 자신
을 무서워하는 것을 자랑스러워했다.

학생의 이름은 ▽이다. ▽은 내성적인 성격으로 눈에 잘 띄지 않았
으며 광견병에 걸린 적이 없다. 초등학교 6학년이 된 ▽, 일박이일 예
정으로 수학여행을 가게 됐다. 버스가 출발하기 직전 '미친개'는 군
인 없는 수학여행단의 군기를 잡는다고 버스마다 돌면서 눈에 띄는
대로 후려치고 쥐어박고 욕설을 퍼부었다. ▽은 여느 때와 마찬가지

로 '미친개'의 눈에 띄지 않았다. 눈에 띄지 않았다고 즐거웠다는 것
은 아니다. "좌석 위 수류탄!" 하고 미친개가 외치면 좌석 밑으로 기
어들어가야 했고 "만원버스!" 하고 외치면 차 맨 뒤쪽으로 몸의 일부
가 터지도록 스스로를 집어던져야 했다. 나중에 ▽은 군대에서 같은
훈련을 받게 되는데 군대에서는 군기를 잡을 이유도 있고 좌석 위에
수류탄이 떨어질 수도 있지만 생애 처음으로 그 훈련을 받았을 때 ▽
은 초등학생에 불과했다. 그때 ▽은 처음으로 '두고 보자'고 생각했
다고 한다. 버스는 부산 해운대에서 잠시 멈추었다가 울산 공업단지
를 거쳐 경주에 도착했다. 숙소에서 선생님들은 두 명씩, 몸이 선생
님보다 작은 학생들은 15명이 한 방에 배치되었다. 방의 크기는 같았
다고 한다. 특별히 수학여행지까지 몽둥이를 가지고 온 '미친개'에게
는 방 하나가 배정되었고, 아니 어떤 학생이나 선생도 '미친개'와 한
방을 쓰려고 하지 않았기 때문에 스스로 그렇게 배정했고, 그 때문에
▽은 열네 명의 아이들과 한 방에서 자게 되었다. ▽은 다시 '두고 보
자'고 생각했다 한다. 학생들은 각자 자신의 손가락 굵기만한 멸치와
짜고 매운 김치를 반찬으로 저녁을 먹었고(그것도 미친개의 구령에 따
라 조용히, 감사하며) 선생님들은 반주를 곁들인 성찬을 마쳤다. 학생
들은 저녁을 먹자마자 잠을 자도록 미친개로부터 명령을 받았다. 그
러나 방이 너무 좁아 전원이 몸을 이층으로 포개지 않는 한 누워서
자는 것은 불가능했다. ▽은 또다시 '두고 보자'고 생각했다고 한다.
그러면서 아랫배에 힘을 주다보니 화장실에 가고 싶어졌다. ▽은 화

장실로 가던 중에 문을 열어놓은 채 만취해 잠든 미친개를 보았다. 당연히 화장실은 재래식이었고 지저분했고 어두웠다. ▽은 거기서 성냥개비 하나를 발견했다고 한다. ▽은 자신도 이해할 수 없는 충동에 따라 그 성냥개비 끝에 △ 모양으로 쌓인 화장실의 특산물 일부를 묻혔다. 밖에 나와 '미친개'의 앞에 선 ▽은 나중에 스스로도 이해할 수 없을 만큼 빠른 동작으로 성냥개비 끝을 미친개의 코에 갖다댔다. 미친개는 성냥개비 끝이 코에 닿자 근지러운 듯 손으로 쓱 훔쳐버리는가 싶더니 굵은 손가락으로 콧속을 몇 번 후벼대곤 돌아누워 다시 코를 골기 시작했다.

　다음날 아침 학생들은 일렬로 서서 세수를 하고 일렬로 서서 수건 하나에 15명씩 얼굴을 닦은 뒤, 일렬로 줄을 지어 전날과 마찬가지의 식사가 마련된 큰 방으로 향했다. 이미 밥상머리엔 선생님들이 다 앉아 있었고 '미친개'만 여느 때와 마찬가지로 거품을 물고 구령을 했다. 학생들은 줄을 맞춰 앉았고 구령에 따라 일제히 숟가락을 들었다. 그런데 '식사 시작!'이라고 외쳐야 할 '미친개'가 갑자기 고개를 갸웃거리더니 바로 앞에 앉은 아이에게 물었다.

　"너 방귀 뀌었지?"

　그 아이는 사색이 되어 고개를 저었다. 미친개는 다시 고개를 갸웃거리고는 그 옆에 앉은 아이에게 물었다.

　"너냐?"

　그 아이 역시 얼굴이 푸르게 변하며 고개를 흔들었다. '미친개'는 아이들을 노려보다가 고개를 흔들고는 "식사 시작" 하고는 자기 자리로 돌아갔다. 숟가락을 들려다가 그는 옆자리에 앉아 열심히 숟가락을 놀리는 동료에게 물었다.

"누가 방귀 뀌었소?"

그의 동료들은 일제히 고개를 흔들었다. 그는 고개를 갸웃거리며 밥을 먹었다. 그때부터 집으로 향하는 동안 그는 계속해서 고개를 갸웃거리면서 다음과 같은 말을 되풀이했다.

"너 방귀 뀌었지?"

"너냐?"

"누가 방귀 뀌었소?"

시인에게 온 편지

　　　　까치가 울더니 편지가 왔다. 황금빛 문양이 찬란한
편지봉투만 해도 우리 집 우편함보다 더 값나갈 것처럼 보인다. 봉투
에 못지않게 편지지도 고급으로 양피지처럼 두껍고 화려하다. 하여
간 편지의 내용을 간추리면 이렇다.

　전세계시문학진흥특별기금운영이사회(全世界詩文學振興特別基金
運營理事會)는 전세계적으로 새로움이라는 가면을 쓴 경박한 문화
매체의 대두와 상업적인 풍조의 성행으로 진정한 시를 쓰고 읽고 노
래하며 향유하는 사람의 숫자가 날로 줄어들고 있는 데 깊이 우려하
고 이로써 시의 영광과 위엄이 사라지고 있음에 안타까움을 넘어 분
노하여온바 특단의 조치를 강구하여 전세계 시민에게 진정한 시의
광휘와 아름다움을 다시금 실감하고 찬양하게 하려 한다. 전세계적

으로 이미 많은 시인들이 우리의 제안을 받고 전폭적인 협조 의사를 밝혀 왔다. 한국의 경우 2006년 한국인으로서는 최초로 노벨문학상을 수상한 김혈근 시인을 비롯해 1980년대부터 2006년까지 국내 유수의 시문학상 수상자 전원과 명망성 있는 시인 대부분이 망라되어 있다.

본 이사회는 당신이 상이나 명성에 관계없이 갖가지 어려움에도 불구하고 데뷔 이후 스무 권의 시집을 내며 꾸준히 수준 높은 시를 써온 전업시인이라는 사실에 주목한 한국지부의 추천을 받아 이사 전원의 의사를 물어 다음과 같이 결정했다.

1. 이사회는 시인 성억제의 찬성 의사가 확인되는 대로 즉시 일금 일억 원의 생계보조금을 지급함.

1. 시인 성억제는 본 이사회에 앞으로 모든 시 창작의 권한과 책임을 위임하며 일체의 공식적이고 개인적인 시작(詩作) 활동을 중단함. 이를 어길 경우 이사회에 시 한 편당 일금 오백억 원을 위약금으로 배상함.

1. 본 이사회는 세계 유수 시인의 시작품을 전문가 집단으로 하여금 비밀리에 창작하게 하여 엄중 봉인 보관하고 이 타락한 세계가 참다운 시의 복귀를 애원할 때까지 일체의 시를 발표하지 않을 것임.

1. 동봉한 반송용 봉투에 찬성 의사를 표시해 즉시 반송해주기를 요망함.

추신 : 이 제안서는 한 시간 후에 자동 소각될 것임.

"뭐 이런 미친놈들이 다 있어."

내 고함에 방안에서 아이의 양말을 꿰매고 있던 아내가 고개를 내민다. 오늘따라 안색이 더욱 파리해 보인다. 문득 철분 약을 사주기로 세 달 전에 약속한 게 생각난다.

"왜 그래요, 여보."

나는 아내의 거친 손에 편지를 넘겨준다. 아내는 삼 년 전에 아이들 장난으로 금이 간 유리창을 향해 돌아서서 편지를 읽기 시작한다. 겨울은 겨울인가 보다. 온기 없는 방바닥이 유리조각처럼 싸늘하다.

"자동 소각된다는 말은 뭐예요."

"장난이겠지, 영화를 많이 봤나 봐. 그런 장치 하는 데에 드는 돈을 나를 주면 보름은 먹고 살겠다."

갑자기 아내의 손에 있던 편지에서 팍, 하고 플래시 터지는 듯한 소리가 나면서 편지는 순식간에 타버렸다.

"여보!"

아내는 손가락이 새카매졌지만 다행히 화상을 입은 것 같지는 않다. 놀라 서 있던 아내는 정신이 돌아오자 "장난이 아닌가 봐요" 하고 힘없이 중얼거린다. 편지는 타버렸지만 반송용 봉투는 먼지 하나 묻지 않고 바닥에 떨어져 있다.

"이런 죽일 놈들."

나는 반송용 봉투를 집어들어 힘껏 찢는다. 그러나 찢어지지 않는다. 나는 부엌으로 달려가 가스 레인지에 그 편지봉투를 얹는다. 그러나 가스가 떨어진 게 사흘 전이다. 나는 허둥거리며 가위며 성냥을 찾는다. 아내가 소리 없이 다가와 내 손을 잡는다.

"난 아무 일 없어요, 여보."

"이 미친놈들을 도대체 어떻게 하지."

"당신 뜻대로 하세요. 언제나 그렇게 해왔잖아요."

아내와 나의 침묵 속에 해가 진다. 결국 나는 구겨진 편지를 주워 든다. 아내가 반송용 봉투를 정성스럽게 손으로 펴드는 걸 말리지 못한다.

구두

하루 벌어 하루 사는 가난뱅이가 있었다. 어느 비
오는 날 그는 지친 발을 끌며 집으로 돌아오고 있었다. 늘 보던 구두
가게 앞을 지나가다 그는 문득 멈춰 섰다. 진열대 한켠에 놓인 검정
구두가 유난히 그의 눈길을 잡아끌었던 것이다. 진열장에 놓인 구두
는 좋은 가죽에 가볍고 튼튼해 보였다. 그는 자신이 신고 있는, 찢어
져 빗물이 들어오는 신발과 진열장 속의 신발을 번갈아 쳐다보았다.
그날따라 그는 유난히 쓸쓸한 밤을 보냈다. 그 자신의 미래처럼 불기
도 없이 눅눅한 단칸방에 오그리고 누운 그의 눈앞에 휘황찬란한 불
빛 아래에 놓여 있던 그 구두가 어른거렸다.

　그 다음날 그는 그 구두 가게 앞으로 가서 그 구두를 들여다보고 일
을 나갔다. 운이 좋아 돈을 벌고 땔감을 들거나 쌀자루를 메고 돌아올
때도 구두를 쳐다보았다. 그렇게 하루 두 번 수십 일을 하루도 빠짐없

이 그 구두를 보러 갔다.

그날도 그가 친구처럼 낯익은 구두를 보고 있을 때였다. 구두 가게 문이 열리더니 주인이 밖으로 나왔다.

이보시오. 거기서 매일 뭘 하는 겁니까.

그는 죄지은 사람처럼 얼굴부터 붉히며 물러섰다.

당신은 벌써 몇 달째 내 가게 앞에 오고 있소. 나는 그 연유를 알고 싶소.

그는 더듬거리며 대답했다.

구두를 보러 왔습니다. 그냥 보기만 하려고요. 미안합니다.

가게 주인은 배를 내밀며 말했다.

보는 것만으로는 돈을 받지 않소. 그러지 말고 안에 들어와서 찬찬히 보시구려.

주인은 망설이는 그의 등을 떠밀어 가게 안으로 들어가게 했다. 가게 안은 그의 어린 시절의 한때처럼 훈훈했다. 주인은 진열장에서 그 구두를 꺼냈다.

내가 직접 만들었지만 정말 좋은 구두요. 한번 신어보시오. 신어보는 데는 돈을 받지 않소.

그는 조심스럽게 구두를 신어보았다. 구두는 맞춘 것처럼 딱 맞았다. 주인은 말했다.

당신은 이 구두의 주인이 되려고 태어난 사람 같소. 이 구두를 사시지 않겠소.

그는 서글픈 어조로 자신은 돈이 없다, 나는 하루 벌어 하루 먹고 사는 사람이라고 말했다. 주인은 그를 빤히 쳐다보았다.

나한테도 자존심이 있소. 구두를 만드는 사람으로서, 상인으로서의 자존심 말이오. 당신이 정말 이 구두를 사지 않겠다면 난 이 구두를 진열장에서 치워버릴 생각이오.

그 구두는 한동안 그의 가슴속에서 불타던 유일한 희망의 불꽃이었다. 그는 아무 말도 못하고 멍하니 서 있었다. 주인은 그에게 돈이 얼마나 있느냐고 물었다. 그는 몽땅 털어보았자 그 구두에 달린 가격표의 반의 반에도 미치지 못하는 액수라고 말했다.

요 몇 년 동안 나는 당신처럼 내 구두를 사랑스러운 눈으로 쳐다보는 사람은 처음 봤소. 돈은 모자라도 좋으니 그 구두를 그냥 신고 가시오. 오해는 하지 마시오. 당신을 동정해서가 아니라 내가 만든 신이 제대로 된 주인을 찾아가는 게 좋아서 그러는 거니까.

주인은 그의 낡은 구두를 새 통에 넣어주었고 그는 동전까지 하나 남김없이 모두 구두 가게 주인에게 주었다. 구두를 신고 나오면서 그는 날아갈 듯한 행복을 맛보았다.

세월이 흘렀다. 구두는 튼튼했지만 워낙 그 구두만 신고 다녔던 까닭에 밑창이 닳아 떨어졌다. 그는 구두 밑창을 갈기 위해 자신이 구두를 샀던 가게로 갔다. 주인은 수선비도 받지 않고 밑창을 갈아주었다. 두어 해 뒤 다시 한번 밑창이 닳아 떨어지는 날이 왔다. 그는 다시 그 구두 가게로 갔다. 유행이 바뀌어서 그 구두에 딱 맞는 밑창을 구하기가 쉽지 않았지만 주인은 성의를 다해서 적당한 밑창을 찾아 달아주었다. 여전히 수선비를 사양하는 구두 가게 주인의 얼굴에는 흐뭇한 미소가 감돌았다. 여분의 밑창까지 얻어 들고 밖으로 나온 그 역시 구두 가게 주인처럼 행복해야 했다. 그런데 그에게 문득 이런 생각이 떠올랐다는 것이다.

이런 식으로 구두 밑창을 몇 번 더 갈면 내 인생이 끝나버리겠구나.

집에 도착한 그는 그 구두를 벗어 구두 가게 주인이 주었던 신발통에 넣었다. 그리고 그 안에 들어 있던 원래의 헌 구두를 신고 일을 찾아 밖으로 뛰어나갔다. 그 구두가 닳고 닳아 완전히 떨어지도록 그는 일하고 또 일했다. 그러고 난 뒤 그는 자신이 번 돈으로 제 값을 내고 새 구두를 샀다.

그는 그 구두를 산 지 이십 년이 넘은 지금까지도 새것처럼 소중하게 간직하고 있다. 여분의 밑창도 함께. 지금 그에게는 그 구두말고도 스무 켤레의 구두가 있다. 그 구두들은 유리창과 조명 장치를 단 특별한 장 속에 들어 있고 그 장은 그의 저택 거실 한가운데 놓여 있으며 매일 집사가 구두들을 돌본다. 물론 장에서 가장 높고 빛나는 자리에 놓인 구두는 새 밑창 그대로인 바로 그 구두이다. 그 구두를 볼 때마다 그는 늘 새롭게 깨어나는 느낌을 받는다.

성탄목

십여 년 전쯤인가, 더 됐나, 덜 됐나. 몇 해 전인지
는 확실히 기억하지 못하지만 날짜는 기억한다. 12월 24일. 나는 무
엇 때문인지 모르지만 제주도에 있었다(하긴 지금도 무엇 때문에 여기
있는지 모르겠다). 혼자였고 전날 마신 술로 머리가 멍한 상태였다. 그
전날 어느 술집에서 갓 출옥한 깡패 두목과 우연히 사귀게 되어 만취
상태로 근처 여인숙에 들었다. 그래서 다음날, 그러니까 12월 24일
이구나, 아침에 나는 우울했다. 배가 고팠지만 먹으면 토할 것처럼
속이 울렁거려서 아무것도 먹지 못했다. 내 인생의 막바지 가운데 하
나에 도달한 것 같았다.

나는 동전 하나까지 탈탈 털어 제주의 특산품 귤을 하나 샀고 아무
버스에나 올라탔다. 가다보니 한라산이 나왔다(하긴 제주도 어디를 가
든 한라산이 나오게 되어 있다). 어리목 산장이라는 곳에서 버스에서 내

렸다. 기념품을 파는 곳, 식당, 산악 구조대원 숙소, 매표소만 보였을 뿐, 걸어다니는 사람이라고는 나뿐이었다. 나는 주머니 속의 귤을 만지작거리면서 이리 기웃 저리 기웃 주변을 살피며 어정거렸다. 일없는 거위처럼. 그래서 몇 가지 정보를 알게 되었다. 겨울철에는 그쪽 등산로가 폐쇄된다는 것, 그런데도 매표소에서는 표를 팔고 있다는 것, 따라서 그 표는 아무도 사지 않는다는 것 등등. 하긴 나는 그때까지 한번도 매표소가 있는 국립공원에서 표를 산 적이 없었다. 무슨 수를 쓰든 악착같이 개구멍으로 산으로 들어가곤 했다. 국립공원 지리산, 국립공원 설악산이 나한테 수없이 당했다. 나는 매표소를 우회해 계곡으로 들어갔고, 나처럼 국립공원 관리공단 사람들을 우습게 아는 사람들이 미리 뚫어놓은 개구멍을 통해 한라산에 입산했다. 산은 조용했다. 겨울과 한라산은 서로 엉겨붙은 채 침묵에 잠겨 있었다.

등산로 폐쇄, 입산 금지 팻말이 이마 위에서, 길 가운데서, 새끼줄 위에서 계속 나타났다. 나는 멈추지 않고 전진했다. 그저 허무 조금, 땀 조금, 모험 조금을 맛보려고 한 것뿐이다. 그리고 담배나 한 모금 피우면 그만이었다. 팻말 같은 건 나처럼 사소한 것을 추구하는 사람과는 상관이 없었다. 무거운 겨울 외투에 구두 차림이니 누가 봐도 등산객이라고는 생각하지 않을 것이었다. 나는 조금 가고 조금 쉬고 하면서 200미터쯤 가서 바위 위에 앉았다. 담배를 꺼내 불을 붙였다. 그런데 연기 한 모금을 내뿜나 마나 했는데 아래쪽에서 호루라기 소리가 들려오는 것이었다. 그러더니 나뭇가지 사이로 붉은 모자들이 언뜻언뜻 보였다. 이른바 산악 구조대원, 또는 통제소 대원, 또는 경찰, 또는 나처럼 개구멍을 통해 공짜로 등산을 하려는 사람을 잡는 특공대 겸 결사대원일 것이었다. 나는 놀라서 담배불을 껐고 위로 도망을 쳤다. 붉은 모자를 쓴 사람이 누구든 내게 유리할 건 없었기 때문이었다. 붉은 모자들은 계속 따라왔다. 이따금 호각을 불면서. 나는 계속 위로 올라가야 했다. 길은 외줄기였다.

1,300미터 팻말을 쏜살같이 통과했다. 1,350미터 팻말은 헐떡거리면서 통과했다. 1,400미터 팻말은 깔딱거리면서 지나갔다. 붉은 모자들은 굉장히 빨랐다. 나는 붉은 모자들보다 더 빨라야 했다. 1,500미터 능선쯤에 오니 만세동산이라고 씌어 있었다. 나는 차라리 만세를 부르는 시늉을 하며 항복을 하고 그 지긋지긋한 인간들의 품에 안길까 생각도 해봤다. 하지만 나를 쫓아오면서 그들도 어지간히 약이 올랐을 것이고 최소한 국립공원 입장료는 물어야 할 것 같은데 돈은 없지, 땀에 젖은 몸이 생각 좀 한다고 좀 있었더니 떨려오기 시작하지, 나는 뛰고 또 뛰었다.

1,700미터 고지쯤 오니 대피소라는 팻말이 나타났다. 나는 대피소로 대피했다. 대피소 앞에는 울긋불긋한 등산복 차림의 대학생들이 좌로 굴러, 우로 굴러를 하면서 등반 훈련을 하고 있었다. 더 이상은 등반대도 갈 수 없을 정도로 위험하므로 훈련으로 대체하는 것이라고 했다. 나는 그들 사이에 슬그머니 끼어 일행이라도 되는 양 팔짱을 끼고 먼산을 바라보고 있었다. 붉은 모자들이 도착했다. 그들은

대피소 관리인과 몇 마디 말을 나누면서 사방을 살폈다. 그들의 시선이 내게 머물렀다 떨어지기를 몇 번, 나는 등반대의 일행인 척, 식구인 척, 대장인 척 필사적으로 위장을 했다. 그들이 고개를 갸웃거리는 사이 나는 건물 뒤로 돌아갔다. 담배를 꺼냈지만 불을 붙일 생각이 나지 않았다. 아무래도 안되겠다는 생각만 들었다. 거기서 위냐, 아래냐를 결정했다. 나는 구둣발을 들고 힘차게 토꼈다.

100미터쯤 전속력으로 달려 숲속으로 뛰어들었다. 다시 호각 소리가 들려오기 시작했다. "거기 서!", "서지 못해!" 이런 말도 들려온 것 같았다. 나는 등반대도 못 간다는 길을 울며 겨자 먹기로 바람처럼 멧돼지처럼 달려갔다. 이윽고 정상으로 가는 철사다리가 나타났다. 예상대로 거기에는 "절대 출입 금지", "등산로 완전 폐쇄"라는 엄중한 경고문이 고드름과 함께 매달려 있었다. 나는 망설임 없이 사다리에 달라붙었다. 서너 칸도 올라가기 전에 매서운 바람이 사다리와 내 몸을 후려쳤고 손바닥이 쇠사다리에 쩍쩍 달라붙었다. 나는 필사적으로 오르고 또 올랐다. 죽을 뻔도 했고 살 뻔도 했다. 붉은 모자들은 사다리 밑에서 뭐라고 소리를 치다가 도저히 따라올 수 없다고 판단했는지 머리를 흔들며 숲 사이로 사라졌다. 문득 정상이 나타났다.

민족의 영산 한라산. 1,950미터 정상에 나는 홀로 우뚝 섰다. 그 순간은 에베레스트를 올랐다는 힐러리 경도 부럽지 않았다. 무산소, 무장비, 무등산로, 무계획 등정이었다. 기쁨을 만끽하며 미루고 미루었던 담배를 한 대 피웠다. 담배를 다 피우고 나니 갑자기 할 일이 없었다. 그래서 한 대 더, 또 한 대 더. 나중에는 두 대씩 물고 기차 화통처럼 무럭무럭 연기를 뿜어봤다. 그래도 할 일이 생각나지 않았다. 제 맘대로 올라오기는 했지만 내려갈 수는 없는 이상한 곳에 나는 서 있는 셈이었다. 정상이란 원래 그렇다. 무릇, 정상은 그러한 속성이 있다.

"아저씨, 도대체 여기서 뭐 해요?"

빨간 모자들이 나타난 것은 구원과도 같았다. 그들은 햇볕이 비치는 남벽으로 우회해서 돌아왔다고 했다. 나는 그들을 따라 내려왔다. 그들은 예상대로 산악 구조대원 겸 전투경찰이었다.

"여기까지 올라오게 해서 미안합니다."

괜찮다고 그들은 말했다. 오히려 고맙다고 했다. 조난자를 구조하면 휴가를 갈 수 있다고 그들은 좋아했다. 입장료를 내라거나 죽일 놈, 살릴 놈 욕을 하지도 않았다.

만세동산에서 나는 만세를 부르는 나무들을 보았다. 바람에 실려 나뭇가지에 쌓인 눈들이 동그랗게 얼어붙고 있었다. 살짝 건드렸더니 저물어가는 햇빛에 은가루 같은 눈이 떨어졌다. 여기도 나무, 저기도 나무, 나무, 나무, 나무, 나무. 나무들은 크리스마스 트리의 군단처럼 보였다. 그곳은 성탄목의 숲이었다.

내가 쬐끄맸을 때 크리스마스 트리는 키가 컸다네
우리가 사랑을 했을 때 다른 아이들은 놀고 있었지

내게 묻지 마오 왜 그 시간이 지나가버렸는지
다른 사람들이 왜 멀리 떠나가버렸는지도

그 노래를 목이 터져라 불렀다. 그날 밤 산악 구조대원 숙소에서 소주를 먹고 줄 끊어진 기타를 치며. 그게 그해의 크리스마스 이브였다. 십 년 전, 아니 더 됐나, 덜 됐나. 날짜는 기억한다. 12월 24일.

한마디 말씀의 마지막 의미

강물이 거슬러오른다. 바다가 끓는다. 땅은 쉴새없이 흔들린다. 공기에서 재 냄새가 난다. 태양은 기미가 낀 눈자위처럼 거무스레하다. 핵전쟁인가? 지진인가? 운석의 충돌인가? 처음 그 일이 일어났을 때 사람들은 물었다. 아무도 대답하지 못했다. 처음 그것이 번쩍, 했을 때 모든 건 끝났다. 번쩍마저 끝나버렸다. 가스, 수도, 전기, 도로, 하천, 바람, 세월, 역사, 그 모든 흐름이 끊겼다. 서 있던 것들은 눕고 누워 있던 것들은 때가 되었다는 듯이 벌떡벌떡 일어났다. 거대한 진흙더미가 밀려가듯 움직이던 사람들은 더 이상 보이지 않는다. 질서를 지키자며 울부짖던 확성기 소리도 들리지 않는다. 울며 엄마와 아빠를 찾던 아이들도 사라졌다. 남은 사람은 움직일 수 없는 사람들이다. 건물에 다리가 깔렸거나 눈을 잃었거나 어디로 가야 할지 모르는 사람들, 혹은 무작정 남의 뒤를 따라갈 수는 없다고 믿는 사람들이다. 또 있다. 자신의 목숨보다 더 귀중한 무엇인가가 있어서 떠나지 못하는 사람이다.

내 겨드랑이 밑에 작은 머리가 놓여 있다. 검고 윤기 흐르는 머리는 열다섯 살 적, 스무 살 적 옛날 그대로다. 하얀 달걀 껍질처럼 매끈하다가도 이따금 주름이 지며 나를 꼼짝못하게 하던 이마. 그 이마에는 이제는 가는 주름이 져 있다. 그리고 눈. 소녀처럼 검고 흰 경계선이 뚜렷한 그 눈. 눈이 웃을 수도 있나? 예전에는 믿을 수 없었지만 지금은 그렇다고 믿는다. 눈만으로도 주위의 다른 피부의 도움 없이 웃음을 표현할 수 있다. 그 눈 아래 작고 높은 코가 벌름거린다. 입이 움직인다. 바람 소리가 새어 나오는 듯하다가 공중에서 뭉쳐 사람의 말소리가 된다. 끝날 때가 되지 않았어요? 나는 그녀의 붉고 작은 입술에 손가락을 대본다. 몇 시간은 괜찮을 것 같아. 그녀는 루즈가 잘 먹지 않는, 거칠어진 입술을 움직인다. 그렇게나 많이? 그녀는 기지개를 펴듯 다리를 쭉 뻗는다. 많은 건 아냐. 나는 지금 이 순간을 위해서 수십 년을 헛살았으니. 그녀는 소리내어 웃는다. 당신은 언제나 불만이 많았죠, 마지막까지 그래요. 헐떡거리는 듯한 엔진 소리가 들려온다. 잘못 들었는지도 모른다, 말 울음 소리. 개 짖는 소리. 다들 어디로 간 걸까요. 나는 있는 힘을 다해 덩굴처럼 뱀처럼 그녀의 몸을 감는다. 신경 쓸 거 없어. 우리만 생각해. 그녀는 얼굴을 찡그린다. 나, 갑자기 이런 생각이 들었어요. 이제 이 세상도 마지막이 아닐까. 나는 그녀의 어깨를 두드려준다. 나는 행복한데? 그녀의 몸은 아직 따뜻하다. 내 몸도 그녀에게 그렇게 느껴졌으면 좋겠다. 주변은 알맞게 어둡고 미지근하다. 우리는 그 옛날처럼 마주보며 누워 있다.

마지막은 남겨두는 게 좋아. 그게 있어서 더 그리워하고 안달하고 사람답게 살아온 거야. 우리가 우리 사이에 있을 만한 일을 다 해치워버렸다면, 그때에 이승에서 할 수 있는 걸 다 이루고 말았다면 어떻게 됐을까. 이렇게 만날 이유도 없었겠지. 이처럼 행복하지도 않았을 거고.

그런 말 그만해요. 그 시간도 아까우니까. 그녀는 나를 살며시 잡아당긴다. 나는 그게 그녀에게 남아 있는 힘의 총량이라는 걸 알고 있다. 그녀에게서 나무 냄새가 나기 시작한다. 내 감각은 곤충처럼 예민해진다. 점점 심해진다. 이젠 어떻게 할까요? 나는 그녀를 안는다. 이렇게. 그녀는 이마를 찡그리며 웃는다. 이렇게? 그리고 말할 틈을 주지 않고 내 입을 자신의 입술로 틀어막는다. 옛적에는 없던 일이다. 삼 분. 과즙 같은 침이 입에서 넘쳐 흐른다. 사십 초. 그 동안 날카롭고 섬세하며 알맞은 강도의 번개가 우리의 머리끝에서 발끝까지 흘러간다. 또 이 초. 시간은 모래알처럼 흘러내린다. 걱정할 건 없다. 아직 마지막 가운데서도 특히 결정적인 마지막 순간을 남겨두었다. 이제 그 순간이 다가온다. 온다, 온다. 왔다. 사랑해. 사랑해. 사랑해. 그럼 안녕.

그녀는 헐떡이며 이승에서의 마지막 한마디 말을 속삭여 온다.

이 세상이 우리 때문에 끝나는 것 같아요!

오오, 그럼 어때, 제기랄.

세상에서 가장 아름다운 나라

세상에서 가장 높은 곳에 세상에서 가장 아름다운 나라가 있었다. 풍요로운 숲에서는 늘 꽃향기 섞인 바람이 불었고 계곡에서는 맑은 물이 흘러내렸다. 들판은 언제나 풍성한 수확을 가져다주었다. 사람들은 춤과 놀이를 좋아했다. 때맞추어 비가 오고 때맞추어 햇살이 비추었다. 민가에서는 큰 울음 소리가 나는 법이 없었다. 아이 하나가 지나가는 독수리를 향해 돌을 던져 독수리의 눈을 상하게 한 일이 몇 년 동안 뉴스거리가 될 정도였다. 어른들은 아이들이 점점 과격해지고 있다고 우려했으며 제사장은 스스로의 책임을 다하지 못했음을 자책하는 기도를 올렸다. 이 아름다운 나라에 관한 소문은 새와 벌레, 꽃씨에 의해 멀리 퍼져나갔다.

소문을 들은 이웃 나라 사람들이 식구를 데리고 하나씩 둘씩 모여들었다. 그들은 계곡 옆에 집을 지었고 숲을 태운 뒤 그 땅에 옥수수를 심었다. 첫번째 겨울을 난 뒤, 그들은 고향의 형제와 친척에게 전 갈을 보냈다. 이 나라는 신이 축복한 땅이다. 여기서는 그곳에서 결 혼식에서나 맛보는 염소 버터를 마음껏 먹을 수 있다고. 그러자 친척 과 형제들 역시 짐을 꾸려 줄지어 아름다운 나라로 향했다. 도착한 사람들은 다시 그들의 친척과 형제들에게 편지를 보냈다. 길에서는 먼지가 구름처럼 일어나고 아름다운 나라와 다른 나라를 갈라놓던 눈 쌓인 산정에는 실패한 사람들의 흰 뼈가 쌓였다. 죽음과 절망을 넘어 사람들은 계속 오고 또 왔다. 아버지가 못 오면 아들이 대를 이 었다.

줄지어 들어온 이민들은 나무를 베어 계곡 주변에 집을 지었다. 숲 을 태워 옥수수를 심었다. 계곡이 더러워지고 들은 오염되었다. 땅이 황폐해지면서 기후가 바뀌었다. 홍수와 가뭄이 잇달았지만 사람들은 어찌할 줄 몰랐다. 흉년이 계속되었고 반란이 일어났다. 결국 그 나 라는 돌에 그 사연을 남기고 사라져버렸다. 그 나라의 이름은 마야라 고 한다.

마야는 사라졌지만 아직도 마야로 가는 사람들이 있다.

죽음에 이르는 병

　　　　　나는 동족을 먹을 수밖에 없었던 가엾은 닭을 알고
있다. 먹고 싶어서 먹은 것이 아니다. 계란을 먹고 나면 껍질을 부수
어 닭에게 먹이듯 사람들이 닭에게 닭을 먹였다. 털이 뽑히고 내장이
털렸으며 목을 잘린 채 두 다리를 들고 팔려간 닭이 남기고 간 것을
사료로 만들어 사람이 먹인 것이다. 그것을 먹은 닭의 운명 역시 먼
저 간 동료와 같았다.

　닭보다는 오래 사는 양, 소는 어떤가. 양과 소에게 동족이자 동료
인 양과 소가 남기고 간 고기와 뼈를 먹인 사람들이 있었다. 그 양과
소 가운데 뇌에 구멍이 숭숭 뚫리는 이상한 병에 걸려 미친 증세를
나타내는 소와 양이 생겼다. 사람들은 그 소와 양을 먹고 이상한 병
에 걸릴까 겁을 냈다. 그래서 수백만 마리의 양과 소를 무차별로 도
살했다. 그 양이며 소들은 태우거나 땅에 묻었다. 그 이상한 병의 이

름은 광우병(BSE), 사람들이 걸릴까 겁을 낸 병의 이름은 크로이츠펠트-야콥병(CJD)이다.

나는 스스로를 먹은 뱀에 관한 이야기를 알고 있다. 그 뱀은 제 꼬리를 먹기 시작해서 결국 제 입을 먹고 말았다. 알다시피 뱀의 이빨은 안으로 굽어 있어서 한번 먹기 시작하면 다 먹을 때까지 멈출 수가 없다.

사람의 이는 어떤가. 사람들이 말하는 발전은 어떤가. 스스로의 목구멍 속으로 들어가기 전에 생각했어야 했다.

TV 요리사

오늘은 국수에 관해 이야기해봅시다. 참, 국수를 시
작하기 전에 늘 그래왔듯이 요리에 관한 이야기를 해야겠지요. 오늘
은 제 은사를 소개해드리고 싶은데요. 선생님께서는 제가 다닌 고등
학교에서 교편을 잡고 계셨습니다. 선생님은 몸이 아주 마른 편이셨
지요. 그런데도 드시는 양은 다른 사람하고 똑같았어요. 아니 더 드
셨는지도 모르겠네요. 그런데 전혀 살이 찌지 않으셨어요. 어느 해
소풍을 갔는데요. 왜 그때는 선생님 도시락을 반장이나 뭐 좀 사는
집 아이들이 싸가지 않았습니까. 그런데 그 선생님 반 아이들이 다른
반 아이들보다 좀 부실하게 점심 도시락을 준비했나 봐요. 선생님은
정말로 화를 내시더군요. 짜증이 아니고 신경질도 아니고 화를 내셨
단 말입니다. 그 일이 있고 난 이후로 사흘 동안 자기 반 아이들하고
말도 안 하셨어요. 그 다음 소풍부터는 그 선생님 도시락이 좀 호화

찬란해진 건 물론이고요. 맞습니다. 우리 프로그램에 등장하는 요리들처럼요. 자, 다 같이 요리는 즐거워! 고맙습니다, 여러분.

어느 해인가 여름 방학이 끝나고 난 다음 선생님을 뵈었더니 그렇지 않아도 마르신 분이 아주 수척해지셨어요. 웬일이신가고 묻자 머뭇거리면서 말씀하시기를 개를 먹고 나서 탈이 나셨다고. 웬 개인데요? 응, 우리 집 복실이. 아이쿠, 어떻게 집에서 키우던 개를 드셨어요. 어떻게? 응, 옥상으로 가서 개를 불렀지. 복실아, 복실아, 하고. 복실이가 쫄랑쫄랑 쫓아오더구나. 그래서 등뒤에 감추고 있던 등산용 도끼로 머리를 탁 찍었는데 잘못 맞아서 아까운 귀만 찢어지고 말았지 뭐냐. 복실이가 기겁을 해서 도망을 가더라. 그래서요? 다시 복실아, 이 녀석아, 다정하게 불렀지. 요놈이 주인을 의심하는 것 같애. 한참을 요리 보고 조리 보고 하다가, 그래도 개는 개겠지, 주인에게 충성을 다하는 법이야. 다시 꼬리를 흔들며 오는 놈을 냅다 도끼로 찍었는데 이번에는 오른쪽 귀 언저리에 맞아서 피만 나고 죽지는 않았어. 그래서 또 불렀는데 이 녀석이 오려고 하지를 않아. 삼십 분을 불렀지. 마지막 믿음으로 꼬리를 흔들면서 기어올 때까지. 그때는 도끼를 쓰지 않았단다. 도끼로는 개를 잡기 힘들다는 걸 알았기 때문이지. 목걸이를 잡고 끈을 매단 다음에 옥상 밑으로 차버렸지. 벌벌 떨리는 게 잡고 있는 줄로 느껴지더라. 그때 하늘을 봤지. 불쌍해서. 그래도 어떡하니, 내가 배고픈데. 그래서요? 신문지로 폭 싸서 불에 그슬려서 잡아먹었다. 그런데 그게 탈이 났는지 한 사나흘 설사가 나더

니 이 모양이 됐지 뭐냐, 어이구, 아까워. 그 선생님이 그런 분이에
요, 글쎄.

참, 오늘의 소재는 부추를 곁들인 국수죠. 국수…… 국수 좋아하
세요? 저도 무척 좋아합니다. 그런데 많은 사람이 좋아하고 먹는 음
식을 모두가 다 맛있게 하기는 참 힘들어요. 조수! 오래 기다렸지요.
재료 가져오세요. 자, 우리의 귀여운 친구, 조수가 들고 온 국수, 제
손에 들려 있는 게 샘물표 국수군요. 잘 골라왔어요. 국수를 만드는
회사는 많아도 가급적 역사가 오랜 것을 선택하는 게 좋습니다. 샘물
표 국수 중에서도 가능하면 세면(細麵)을 쓰세요. 국수의 맛을 결정
하는 것 중 하나가 삶고 난 다음 건져 올렸을 때의 인장력이죠. 너무
질겨도 못쓰고 너무 약해서도 분 느낌을 주니까 못씁니다. 적당한 게
좋지요. 세면이 그래요.

다음은 부추. 부추 국수니까 어떤 부추를 쓰느냐에 따라 맛이 달라
지겠죠? 부추는 우리 부추, 중국 부추가 있는데요. 시장 가서 우리 부
추를 고르시려면 끝을 잘 보세요. 끝이 뾰족한 게 우리 부추지요. 중
국 건 살집이 두껍고 끝이 둥그스름하지요. 딴 데는 몰라도 부추 국
수에는 우리 부추를 써야 해요.

국수를 물에 삶는 동안, 잠깐만요, 물이 조금 모자란 것 같은데요,
네, 됐습니다. 물이 끓어 넘치면 찬물을 조금씩 부어가면서 국수를
익힙니다. 국수가 다 삶아지면 투명한 빛을 띱니다. 젓가락을 집어서
들어올려보면 알죠. 투명해지기 전에 꺼내지 마세요. 너무 익으면 퍼

지고 덜 익으면 먹을 수가 없겠죠. 투명해지자마자 꺼낸다는 말씀이죠. 부추, 부추 얘기를 계속하죠. 부추는 간장으로 간을 맞춰 기름에 살짝 볶는데 너무 볶으면 안되는 건 아시죠. 네, 영양소가 파괴되어요. 부추는 상당히 강력한 강정제에 속합니다. 부추를 먹으면 밤이 황홀해진다는 말씀입니다. 자, 다 됐으면 접시에 옮기고, 아주 잘됐습니다.

국수가 익을 때까지 이번에는 양념 간장을 만들어보기로 하십시다. 사실은 국수 맛을 결정짓는 가장 중요한 요소가 양념 간장이에요. 파를 잘게 썰어 넣고요, 마늘 다진 것도 조금 넣고, 고춧가루, 참기름…… 너무 지나치게 넣어도 안되고 너무 적게 넣어서도 안되지요. 마늘이며 파를 어떻게 고르는가 하는 건 시간 관계상 설명드리지 않겠습니다.

아아, 간장! 깜박 잊을 뻔했군요. 간장은 샘물표보다 몽고표가 낫습니다. 사람들은 어떤 음식이든 첫맛을 잊지 못하지요. 사실 첫번째 먹는 음식이 평생 동안 먹을 음식의 기준이 됩니다. 기령 신제품 과자가 나왔다고 합시다. 그게 그 전까지 없던 새로운 과자라면 그 과자의 맛에 익숙해진 사람들은 다른 회사에서 같은 이름으로 과자를 만들어내도 처음 먹었던 게 진짜라고 얘기합니다. 그 선입관을 깨기 위해 후발업체들은 무척 애를 먹지요. 몽고표 간장은 지금 몽골인들이 쓰던 그 우물물로 만들지는 않습니다. 그래도 사람들의 혀에 각인되어 있는 간장의 맛은 몽고표가 기준입니다. 샘물표가 아무리 간장을 잘 만들어도 몽고표를 따라가지 못하는 이유가 여기에 있습니다.

국수가 다 됐군요. 어이차, 찬물에 잘 헹궈서 말아놓습니다. 손가락으로 힘껏 밀어서 밀가루 냄새를 빼셔야죠. 좋습니다, 아주 잘됐군요. 자 부추도 됐고 국수도 됐고…… 빠진 건, 그렇지요, 멸치 국물입니다. 국수 맛은 사실 국물 빼고는 맛을 이야기할 수 없죠. 국물용 멸치는 배가 누런 것보다는 흰 것, 작은 것보다는 큰 게 좋겠어요. 멸치는 어디 게 제일 좋은가요. 남해 청산항으로 들어오는 것, 맞습니다. 남해 어디서 잡더라도 청산항으로 들어오는 것이어야 제 맛이 납니다. 서해에서 잡은 굴비라고 하더라도 영광으로 들어오는 걸 최고로 쳐주듯이요. 이유요? 글쎄, 언제부터인지 모르지만 청산항으로 멸치를 가져오는 어부들의 것이 제일 낫다, 아니면 제일 낫지 않으면 청산항으로 들어오지 못한다는, 어디 적혀 있지는 않지만 청산항 근처의 어부들은 다 아는 규칙이 생겨났기 때문이겠지요. 이것 역시 첫 맛하고 상관이 되는 이야기입니다. 거기 게 제일 낫더라 하면 제일 좋은 게 들어오고 제일 좋은 게 들어오니 제일 좋다는 이야기가 나오고요.

멸치 국물은 제가 미리 우려내놓은 걸로 쓰도록 하지요. 이건 우리 프로그램을 좋아하는 어느 선장님이 직접 보내주신 멸치로 국물을 낸 겁니다. 국자로 퍼서 그릇에 담고, 자아 국수를 조심스럽게 옮겨봅시다. 부추를 국수 위에 보기 좋게 얹고, 자 젓가락을 들어보실까요. 젓가락, 젓가락도 중요하긴 한데…… 다 되셨나요? 아, 서두르지 마세요. 여기서 만든 건 다 여러분께 드릴 겁니다.

오늘의 요점. 맛은 이 음식이 다른 것과는 뭐가 달라도 다르다는 느낌을 계속 주어야 우러나오는 겁니다. 면, 부추, 간장, 멸치, 다 특별해요. 안녕, 여러분. 맛있게 드십시오.

경지

　맨 처음 제 집에 있는 축음기가 의정부 고관들이 드
나드는 한성 육조전산(産)이라는 것을 지적해주신 분은 바로 대감이
십니다. 아시는 대로 내자가 혼수로 가져와서 십여 년을 아무 탈 없
이 들어온 것이지요. 대감께서는 그 축음기가 낡고 깨져 소리가 제대
로 들리지 않는다고 한탄을 하시고 양인들이 선복이 불룩하도록 가
지고 온 축음 조합품이 들을 만하다고 추천하셨지요. 그 축음기는 소
리나는 곳과 소리내는 곳, 소리 키우는 곳이 따로 떨어져 있어서 여
러 가지로 바꾸어가며 들을 수 있다고 칭찬하셨습니다. 그 말씀을 듣
고 제 축음기를 곧 엿장수에게 내다주고 말았습니다만, 아무래도 그
때 저의 경솔함이 후회가 됩니다.

　기왕 장만하려고 작정을 한 다음에 저는 생각에 생각을 거듭하였
습니다. 대저 명품에서 명음이 나오는 법일진대 육조전의 오동나무

소리통과 불국의 재생기와 덕국의 확대기에 노국의 줄로 연결하면 제가 좋은 소리 아니 나고 배기리오. 그리하여 대감께 제가 수년에 걸쳐 때로는 숨이 목구멍까지 차게 허덕이며, 때로는 바람에 떠밀리고 진창에 나자빠지며 구한 물품의 목록을 적어 보내드리면서 소리를 들으러 오시라 청한 적이 있지요. 그때 대감께서는 이리 말씀하셨습니다.

'이 소리가 아닐세. 그 소리도 아닐세. 그때 그 소리도 물론 아닐세. 아무리 이름이 있고 값비싼 물건이라도 그것을 만드는 나라 사람에 따라서, 기후에 따라서, 기술과 보급 수준에 따라서, 그 나라의 다른 제품, 가옥 재료, 노동 강도며 시간과의 균형을 고려해서 만들게 되어 있네. 거기에다 듣는 사람에 따라서, 무엇을 듣는가에 따라서 소리가 달라져야 하고 달라진다 해도 기껏 평균 수준을 맞추기밖에 더하겠는가. 명품이 잡품이 되고 개밥그릇이 말구유가 되면 제 것이 어디 있고 제 소리가 어디 있단 말인가.'

그리하여 저는 썩은 뿌리를 잡고 절벽을 올라가다가 순식간에 아래로 떨어지는 격으로, 지붕에서 늙은 호박 굴러떨어지는 기세로, 이른바 명품이라는 개밥그릇을 집어던지고 흰 종이와 같은 기판만을 방구들이 내려앉도록 사들였던 것입니다. 내자는 제가 결국 선비라는 게으름뱅이 짓을 집어치우고 이웃과 사람과 살림에 보탬이 되는 전구상(電具商)이라도 차리는가 하여 은근히 기뻐하는 기색마저 보였습니다만, 저는 그런 어리석은 기대를 채워줄 생각 같은 건 전혀 없었지요. 저는 기판 위에 이름난 관, 이름 없는 관, 인정을 받은 줄, 새로 만든 줄, 담백한 울림판, 손끝이 찌르르하게 요동치는 울림판을 갖다붙이고 떼고 버리고 들이고 던지고 받고 하면서 수삼 년을 보낸 끝에 비로소 제 마음에 드는 소리를 들을 수 있었습니다. 기껍고 북받치는 마음을 떠듬떠듬 필설에 담아 대감께 보내드렸던 것입니다. 대감께서는 기별을 들으시고 버선발로 달려오셨습니다. 제 축음기에서 울려나오는 기백 년 전 놀음방과 노상을 떠돌던 기재 노장옹(路墻翁)의 시조창을 곰곰이 들으시더니 고개를 끄덕이셨지요. 이윽고 침이 제 얼굴까지 비산하는 것도 모르고 말씀하셨습니다.

 '자네, 이런 소리를 내기 위해 얼마나 적공을 쌓았는지 내 안 보고도 훤히 알겠네. 듣자하니 자네가 이미 한 경지를 이루었구먼. 그런데 여보게, 요즘 강호에 도는 소문을 듣지 못하였는가. 울고와 말고가 동진하여 온다네.'

 저는 가슴이 철렁 내려앉았습니다. 제가 수년 동안 보아온 어떤 목록의 어느 명품, 어느 명장도 그런 이름을 가진 적이 없었던 것입니다. 그런 기이한 이름을 가진 존재가 있다면 분명 보통은 아닐 것이고 온다면 그냥 오는 게 아니겠지요. 저는 이를 악물고 여쭸지요. 그놈들이 어떤 놈들인가고.

 울고(禿高)는 세상에서 가장 큰 바다인 태서양을 건너온다 하였는데 크기는 손톱만하고 양 끝에 작은 선이 삐져나와 있으며 몸통에 세 줄기 줄이 그어져 있다고 하셨습니다. 하나에 두 냥 서 푼. 말고(枾

234

高)는 세상에서 가장 깊은 바다인 대평양을 건너온다 하였는데 크기는 돼지 발톱만하고 한쪽 끝에는 한 치쯤 되는 선이 한쪽 끝에는 두 치쯤 되는 선이 삐져나와 있으며 몸통에는 네 줄기 줄이 그어져 있다고 하셨습니다. 하나에 세 냥. 이름 끝이 비슷하니 같은 사람이 만들었거나 아니면 둘이 동향 출신이든가 무슨 총사(叢社) 관계라도 되는 게 아닌가. 아, 대감은 그게 아니라고 하셨습니다. 알려져 있는 바로 울고와 말고는 소리 키우는 통에 들어가는 작은 부품으로 이쑤시개만한 연장을 사용해서 떼고 붙일 수 있는데 한 소리통에 대략 스무 개가 소용이 된다는 것, 그것을 붙이고 나면 귀머거리도 알아듣게 하는 음 아닌 음이 난다는 것이었습니다. 그 외에 그의 정체를 알려고 하는 것은 쓸데없고 무망하고 불가능한 것이라고도 하셨습니다. 저는 한동안 멍하니 앉아서 대감의 말씀을 듣고 있었습니다만 온몸에 기력이 없고 정신이 어질어질하였습니다. 다행히 울고와 말고가 크게 비싸지 않아서 자네 식구가 다시 머리터럭을 잘라 팔지 않아도 되겠군, 말씀하시면서 대감은 훨훨 사립문을 나서셨지요.

저는 그로부터 서너 삭을 두문불출하며 소리통 속의 작고 작은 미로 속을 헤매었습니다. 때로 주린 배를 움켜쥐고 쓰러지기도 하였고 먼지를 입에 털어넣으며 어두운 길을 재촉하기도 하였습니다. 스스로와 소리를 원망하며 절망으로 머리털을 쥐어뽑았고 눈물로 소맷자락이 해지기도 하였습니다. 그 간난고초를 어찌 일일이 말로 할 수가 있겠습니까. 비로소 안팎이 정돈되고 준비되어 울고와 말고가 당도

하던 날, 온 집안이 광분에 넘쳤습니다. 마침내 제가 뜯어낸 구식 부품을 울 너머로 집어던지고 울고와 말고를 정신없이 납인두로 지져 붙이는 동안 쫓고 쫓기던 고양이, 쥐조차 발을 멈추었습니다. 처음 소리통에서 소리가 울려나올 때의 그 광희를 짐작하시겠습니까. 미쳐 날뛰던 몸짓을 보지 않으셨습니까. 그것은 진정 귀신과 벙어리의 입을 여는 묘음이었습니다. 버들처럼 부드럽고 오리 가슴털처럼 섬세하며 비단올보다 가늘고 길게 뿜어져 나오던 그 소리. 백부장, 천부장을 질타하는 대장군의 호통처럼 웅장하게, 시냇물 위를 스치는 잠자리처럼 가볍게, 그 날개처럼 투명하게, 눈사태처럼 장엄하게 울려퍼지는 그 소리는 저를 울리고 웃게 하였습니다. 대감께서도 가슴을 치고 박장대소하고 무릎을 두들기며 진정한 소리의 경지가 예 있도다, 예 있었구나 하셨습니다.

그런데 그로부터 몇 달이 지나기도 전에 대감께서 제게 하신 말씀은 무엇입니까. 믿을 수 없게도 또 한 가지의 경지가, 아니, 경지 위의 경지, 경지 아닌 지경이 있다고 하셨습니까. 수십 년 적공을 해도 인연이 있는 자만이 이루고 인연이 없는 자는 세세만년을 해도 이루지 못하는 것으로 세상에 그 경지에 들어 열반한 사람이 고금을 통틀어 다섯이 안된다고 하셨습니다. 그 경지 아닌 경지, 구경(究竟)에 해당하는 지경의 이름은 또 왜 그렇게 하찮고 어리석게 들리는 것입니까.

'납땜의 지경이 있네. 모든 소리통의 부품은, 알다시피, 그것이 명품이거나 개밥그릇이거나 간에 납땜을 해야 구실을 하게 되는 것이지. 그런데 그 납땜을 할 때 너무 오래 인두를 대고 있으면 납이 두툼하게 발려 기운의 흐름을 방해할 것이요, 너무 빨리 떼면 얇고 적게 발려 접촉이 떨어지기 십상인 게지. 절묘한 중용의 시간만큼 인두를 대고 있다가 적절한 동작으로 떼어야 하네. 그런데 납땜이 굳고 난 다음에 그 모양이 얼마나 아름다운가, 소리통 내부와 얼마나 조화를 이루며 눈에 띄지 않으면서 눈여겨 보면 사람을 얼마나 감동케 하는 모양을 가지고 있는가에 따라서 최후의 지경에 도달하였는가 아닌가가 결정이 되는 것일세.'

제가 왜 이 지경에 빠졌을까요, 대감. 감히 여쭙느니 노장옹이 먼저입니까, 시조창이 먼저입니까. 또 축음기가 먼저인가요, 소리가 먼저인가요. 지경이 먼저입니까, 지경이 있음을 아는 것이 먼저입니까.

제 머리 깎기

　　실라국(蟋蟀國)의 절에서 모든 대중(大衆)들은 아침마다 머리를 깎아야 했다. 매일 깎는 머리이므로 면도날 하나면 충분했다. 아침 공양 전에 머리를 깎는 대중들 때문에 양안에 절이 즐비한 육도하(六道河) 물은 늘 잿빛을 띠었다.

　처음 대중이 되려는 자는 나이 든 대중이 머리를 깎아주었다. 제 손으로 머리를 깎을 수 있을 때 비로소 대중으로 인정하고 무리 속에 받아들였다. 수행 중에 손발을 잃은 대중을 위해서도 남의 머리를 깎아주는 대중들이 나섰다. 남의 머리를 깎아주는 일은 남의 수행을 제 것으로 하는 일이었으므로 '남의 머리를 깎아주는 대중은 제 손으로 머리를 깎지 못하는 대중의 머리만을 깎도록 하라'는 기준이 정해졌다. 그것은 실라국 모든 절의 총본산에 있는 황금 스투파처럼 절대 파기될 수 없는 율법이었다.

어느 해인가 문주(文朱) 왕자가 출가했다. 왕이 그의 출가를 기려 코끼리 한 떼에 출가에 동반할 젊은 남녀 노예 이백 명과 황금, 호박, 마노, 진주, 용연향, 후추 수백 부대를 함께 보냈다. 대중들은 줄지어 수백 리 길을 마중나와 모든 절의 총본산으로 문주 일행을 인도해 들였으며 문주가 삭발하는 요식이 있었다. 요식이 끝난 후 다과연이 베풀어졌다. 난생 처음 반들반들한 머리가 된 문주가 물었다.

'이 어찌된 일인가. 절에서 대중이 제 머리를 깎는 일은 아비가 왕이거나 어미가 왕녀이거나를 막론하고 반드시 지켜야 할 계율이다. 그런데 제 손으로 머리를 깎지 못하는 대중이 있을 때에 제 손으로 머리를 깎지 못하면 절을 떠나게 함이 마땅하지 않겠는가. 지명을 받은 대중이 머리를 깎아준다는데, 이것이 이상하지 않은가.'

까마귀 깃으로 만든 장삼을 걸친 노승이 일어나 콧김을 뿜으며 답하였다.

'내가 바로 남의 머리를 깎아주는 대중이다. 대가리 끝이 새파란 그대가 감히 무엇을 묻는가.'

문주가 말하였다.

'그대는 그대의 머리를 어찌하는가.'

'나는 내 손으로 나의 터럭을 버혀 육도하를 살찌우느니라.'

문주가 박장대소하며 웃었다.

'그대는 남이 제 머리를 깎지 못하는 경우에 한해 머리를 깎아주게 되어 있다. 제 손으로 머리를 깎는 대중은 그대가 깎아주면 아니된다. 그대는 제 손으로 머리를 깎을 수 있는 자이다. 어찌하여 그대의 직분을 지키지 아니하고 제 손으로 제 머리를 깎아주고 있는가. 그대는 누구인가.'

노승은 얼굴을 붉히고 대답을 하지 못했다. 무리들은 머리를 수그리고 손을 장삼 속에 넣은 채로 입김을 호호 불며 사방으로 천천히 흩어졌다. 그 다음부터 '대중은 제 머리를 깎지 못한다'는 말이 생겨났다. 문주는 남의 허물을 비웃은 허물을 쓰고 발설 지옥과 삼천 세계 사이를 오가는 논리의 귀졸(鬼卒)이 되고 말았다.

세상에서 가장 슬픈 눈사람

        퀘벡의 이누이트(인간을 뜻하는 원주민 단어. 에스키모
는 '날고기를 먹는 사람'이라는 의미로 백인들이 붙인 이름)들은 비버를
좋아한다. 윤기 흐르고 보온성이 높은 털은 현금이나 마찬가지이고
기름기 많은 고기는 겨울이 긴 퀘벡에 사는 이누이트들이 제일 좋아
하는 고기다. 그런데 이 비버를 잡는 일이 무척이나 어렵다. 비버는
영리하고 예민하다. 비버는 자신이 평소 가는 길이 아니면 어지간해
서는 가려고 하지를 않는다. 주변 환경이 바뀌면 금방 알아차린다. 그
래서 이누이트들은 훌륭한 비버 사냥꾼이 되기 위해 일생을 바친다.
    세상에서 가장 슬픈 일은, 비로소 비버에 대해 모든 것을 알게 되
었을 때에는 사냥을 할 수 없는 나이가 되어버린다는 것이다. 사냥물
을 사냥꾼 앞에 인도하는 사냥의 신도 이럴 때는 이누이트를 도와주
지 못하고 동물을 잡아먹게 해주는 동물의 신도 할 일이 없다.

그러므로 늙은 이누이트, 두 주먹을 쥐고 눈사람 되어 환한 어둠에 쌓인 숲을 향해 서 있는 것.

우렁각시에게

—序 · 跋 · 後記 · 解題 · 異論을 대신하여

내가 쓰고 내가 읽고 내가 웃는다는 건 실없는 노릇이다. 그런데 그게 재미있어서 나는 가끔 내가 쓴 걸 읽어본다. 읽다 보면 내가 빠진다. 누가 이렇게 훌륭한 소설을 써서 나를 감득하게 하는가. 바로 나다. 그 소설을 어떤 이유로 어떻게 썼는가를 모르는 나다. 내가 쓴 걸 잊어먹고 거 참, 웃기는 자식이네, 내가 쓰려고 했던 걸 먼저 써버렸네 하고 이를 갈며 질투할 정도로 기억력이 형편없는 나다.

이런 나를 알고 있는 사람들도 가끔은 기가 차는 모양이다. 아니, 제가 써놓고 제가 웃어? 잘해보셔. 잘났어. 그런 말을 듣곤 한다. 뭐어때, 좋으면 좋은 거지. 그러면서 나는 내 안에 쓰는 사람과 읽는 사람, 즐기는 사람이 공존하고 있고 그 세 존재는 칼로 딱 갈라놓은 수박처럼 확연하게 다르지만 원래는 하나인 괴상망측한 놈들이라는 말을 우물거려보기도 한다. 상상력이 나보다 세 배쯤 뛰어나고 순발력은 나보다 스무 배쯤 뛰어난 내 친구는 그 말을 듣고 나더니 즉각 그럼 네가 바로 주사위란 말이냐, 하고 나를 비웃어주었다.

친구들에게는 워낙 많이 떠들어온 말이지만 오늘 다시 한번 더 떠들어본다. 첫째, '제가 먼저 신이 올라야 남도 신이 오르게 한다.' 둘째, '내가 먼저 떨어야 남도 나를 무서워한다.' 첫째는 무당의 이야기고 둘째는 병 잘 깨는 깡패 이야기다. 작가는 '저부터 재미있게 써야 남들도 재미있게 본다' 인데 나는 천성적으로 재미없는 걸 좀처럼 견디지 못한다(그것도 견뎌야 대가가 된다고들 한다. 나는 대가가 싫다. 거장이 좋다). 소설을 계속 쓰는 이유 가운데 첫번째는 기왕 이리 된 거 나라도 재미있어 하자는 것이다. 남들이 재미있어 하는 건 다음 다음의 문제다. 그럼 재미가 뭐냐고? 안 가르쳐준다.

재미 다음의 문제는 슬픔이다. 고등학교 때의 은사는 내게 홍진비래(興盡悲來)와 고진감래(苦盡甘來)라는 '래' 자 돌림의 형제들에 대해 일러주셨다. 그중에서 나는 홍진비래라는 말을 가슴 깊이 새겼다. 수업 시간에 수업과 관계없이 짝과 웃고 떠들다가 온몸으로 원산을 폭격(군대에서는 '박아' 라고 하는 동작)하게 됐다. 그때 땀을 삐질삐질 흘리며 엄청난 열량을 소모하던 내게 들려주신 말씀이다. 홍이 다하면 슬픔이 온다는 것, 또는 홍이 다하지 않은 슬픔은 가짜라는 것, 환락이 절정에 이르자 오히려 슬픔의 정이 몸에 스민다(歡樂極兮哀情多:漢武帝,「秋風辭」)는 교훈까지 패키지로 들려주셨는데 그때 워낙

독하게 가르침을 받아선지 아직까지도 흥이 나면 나중에 슬픔을 어떻게 감당할까 미리 염려하게 된다.

슬픔 다음은 뭔가. 그건 다음 기회에 이야기하자. 기회가 없으면 말고.

언젠가 '내 속에 내가 너무도 많다'는 요지의 노래를 들은 적이 있는데 귀가 아둔한 탓에 이렇게도 들리고 저렇게도 들렸다. '네 속엔 내가 너무도 많다', '내 속엔 네가 너무도 많다', 아니면 원래의 가사. 어느 쪽을 취하는가에 따라 노래의 뜻이 전혀 다르게 될 것이라는 생각을 했다. 내 속에 내가 너무도 많다면 자폐적인 경향이 있는 이십 대 초반의 청년이 생각난다. 네 속에 내가 너무도 많다고 하면 혹세무민하는 점쟁이가 생각나고 내 속에 네가 너무도 많다는 말은 에로틱하게 들린다.

내 속엔 내가 둘 이상이지만 내 속의 나에게 나는 둘 이하이기를 바란다. 그 둘의 속에 있는 둘 이하의 존재들도 둘 이하의 존재만 가지기를 바란다. 그놈들이라도 좀 사람답게 살아야지. 바랄 뿐, 나도 내 안의 나를 어쩔 수 없다. 가끔 너로 불리는 나는 더욱 그렇다.

그런 고로 혹시 내가 내 이름으로 된 걸 쓴 게 아니고 다른 누군가 내 이름(또는 ID)을 빌려 쓰고 있는 것 아닌가 의심을 해본다. 우렁각시처럼, 집이 비어 있는 동안 살며시 물독에서 나와서 하루 열 장 스무 장의 원고를 입력해놓고 사라진다…… 그 우렁각시를 만나면 물어보고 싶은 말이 있다. 왜 하필 나야? 내가 그렇게 만만해 보여? 내

인생이 어떤 건지 생각해본 거야, 우렁아? 그런데 너 우렁이무침 좋
아하니, 각시야? 우리 시베리아로 곰이나 잡아먹으러 갈까?

재미나는 인생

ⓒ 성석제, 2004

초판 1쇄 _ 1997년 1월 20일
개정판 8쇄 _ 2010년 7월 12일

지은이 _ 성석제
펴낸이 _ 정홍수
펴낸곳 _ (주)도서출판 강
출판등록 _ 2000년 8월 9일 제2000-185호

주소 _ 121-842 서울시 마포구 서교동 460-45
선사우편 _ gangpub@hanmail.net

전화 _ 325-9566~7
팩스 _ 325-8486

값 8,500원
ISBN 89-8218-064-8 03810
* 잘못된 책은 바꿔드립니다.